Lâchez les chiens !

DU MÊME AUTEUR

Maud Tabachnik

Lâchez les chiens !

Librio

Texte intégral

Bernard Lenterne remisa son break. La nuit était sombre à cause de la lune descendante mais il n'avait pas besoin de lumière pour se diriger.

Sa maison de fonction était à une cinquantaine de mètres du garage qui lui servait aussi à garder quelques bonnes bouteilles et un ou deux stères de bois pour la flambée qu'il s'accordait avec des amis.

Bernard Lenterne avait trente-quatre ans et était instituteur à l'école de Reinolles, sept cents habitants, commune du sud-est de la France. Il votait écolo et faisait partie d'un comité anti-chasse. Rien de répréhensible, pensait-il.

Mais le 2 avril précédent lui était arrivée une lettre qui par son en-tête l'avait intrigué. « Ministère de la Justice ».

Vous avez été choisi par le tirage au sort pour être juré dans le procès qui s'ouvrira le 18 avril prochain concernant la mise en accusation de Jules Lesdiguières, commerçant à Saint-Ferçois, accusé de meurtre sur la personne de Victor Dreyfus. Vous êtes prié de vous rendre à la convocation du Président du Tribunal de Toulon pour vous mettre à disposition. Vos coûts de déplacements et défraiements divers ont été calculés selon le tarif en vigueur en pareil cas sur la base de 110 francs par jour.

Une lettre sera adressée ultérieurement à votre employeur, si vous en avez un, pour le cas où vous seriez accepté dans ce procès.

Pour le Préfet de région... illisible.

Originaire de Poitiers, Bernard ne se plaisait pas dans cette région dont la bonhomie de surface cachait une farouche méfiance pour ceux d'ailleurs. Et ce procès où il avait été nommé premier juré n'avait rien arrangé.

Comme il avait interdiction d'en parler avec quiconque, les gens en avaient déduit, sans savoir, que le Poitevin jouait les mystérieux pour se donner de l'importance.

Bernard remonta le bout de rue du village qui comme tous les soirs s'était recroquevillé. Il poussa sa porte et entra. Il tourna le commutateur mais la pièce resta sombre.

— Tiens, qu'est-ce qui se passe ?

Il avança de quelques pas. Un mouvement sur sa droite l'immobilisa. Il remarqua dans le même temps que les volets étaient rabattus.

Sa gorge s'assécha.

Dans sa poche était froissée la dernière lettre anonyme le menaçant de mort si Jules Lesdiguières était condamné pour l'exécution du « Juif Victor Dreyfus », contrôleur polyvalent des impôts dont l'action avait conduit deux commerçants au suicide. Le geste de Lesdiguières avait été un acte de salubrité, ajoutait le corbeau.

La semaine précédente, le jury populaire avait choisi d'infliger à Lesdiguières une peine de réclusion criminelle de douze ans.

— Qui est là ? demanda Bernard.

Il entendit un ricanement et le faisceau d'une puissante torche le figea. Elle s'éteignit, remplacée par la lumière du plafonnier.

Ils étaient trois.

— Qui êtes-vous, que voulez-vous ?

L'un deux s'approcha. La petite quarantaine, calvitie et bedon.

— D'après toi ?

Il avait une voix haut perchée qui cadrait mal avec son physique d'amateur de gibier.

— Je n'en sais rien. Que faites-vous chez moi ? C'est une infraction !

— Ce sera pas l'plus grave.

Celui qui venait de parler était à la droite de Bernard. Assez grand et fort. Vulgaire.

Bernard le reconnut. Il tenait un banc de poissons les jours de marché à Feréoles.

Il sentit avec horreur son pantalon se mouiller.

Le poissonnier s'en aperçut et le montra aux autres.

— Y pisse sur lui.

Le troisième, un petit à tignasse qui n'avait encore rien dit, hocha la tête.

— Normal. Il a pigé.

— Qu'est-ce que j'ai pigé ? s'entendit bredouiller Bernard.

Il était pacifiste et détestait la violence. Même dans les films. Mais il n'était pas lâche.

— Sortez de chez moi ou j'appelle la police.

— Elle viendra pas, dit le petit en haussant les épaules.

Et il faucha autour de lui avec un lourd bâton qu'il tenait dissimulé. Objets et chaises tombèrent bruyamment.

Bernard se précipita mais le poissonnier lui fit un croc-en-jambe.

Tombé à plat ventre, il voulut se relever. Un coup violent dans les côtes le fit s'effondrer en criant. Il roula sur le dos. Le poissonnier se pencha.

— On sait qu'c'est toi qui as encouragé les autres à voter la réclusion, cracha-t-il.

Bernard ne dit rien. Le petit gros se pencha.

— Pourquoi t'as fait ça ?

— Qu'est-ce que vous voulez ? murmura Bernard.

— T'as pas compris ?

Bernard lut sa mort dans leurs yeux :

— J'ai voté en mon âme et conscience, les autres ont fait ce qu'ils ont voulu.

— T'es un menteur, dit le petit en lui décochant un coup de pied.

Bernard cria. Sa côte venait de se briser.

— On va te crever, dit le poissonnier.

— Vous êtes fous, murmura Bernard.

— Toi, t'es une salope, dit le petit, comme un constat.

L'amateur de gibier le souleva par la chemise et lui asséna un coup de tête qui lui éclata le nez.

Bernard retomba, le visage en sang. Dans la rue, un chien se mit à aboyer.

— Il faut en finir, dit le poissonnier.

Et il frappa plusieurs fois Bernard à l'abdomen avec son couteau à lame fine qui lui servait à dépecer et à lever les filets des poissons, et chaque coup porté tordait le corps de douleur. Le petit écrasa le visage de Bernard à coups de talon méthodiques, pendant que le troisième ravageait la pièce.

Ils étaient silencieux, juste essoufflés. Ils cognaient, haineux.

Ils s'arrêtèrent pour reprendre souffle, contemplèrent la salle à manger dévastée et le cadavre sanglant et mutilé de celui qui avait cru pouvoir les défier.

— On s'en va.

— Ouais, faut filer.

Le poissonnier jeta un dernier coup d'œil, le même, sans doute, qu'il lançait sur son étal à la fin du marché.

— Allez, on s'tire.

Quand ils sortirent, le chien redoubla d'aboiements. Pas une fenêtre ne s'alluma dans le village. La camionnette reprit la route de Castelvas.

Bertrand Dumont et Odile, comme prévu, m'attendent au café, sur la place qui baigne dans une quiétude estivale de bon aloi comme on lit dans les bouquins de même tonneau.

Du couple, je ne connais que Bertrand. Un copain de fac qui a lâché Sciences-Po pour la fabrication du fromage de chèvre.

Coup de fil au journal la semaine précédente.

— Fanny ? Tu te souviens de moi ? Bertrand Dumont.

Vingt-cinq secondes de réflexion avant l'image.

— Un grand frisé sérieux qui m'a fait connaître le théâtre nô, ce que je ne lui ai jamais pardonné ?

— C'est ça, rit-il.

— Je me souviens.

— Il faut que je te voie.

— Ah ? Ils ont une nouvelle troupe ?

— Non. C'est sérieux.

— Normal, avec toi. D'où appelles-tu ?

— De Paris.

— Alors, tu passes quand ?

— Maintenant ?

— Si tu veux.

J'ai confirmé l'adresse et j'ai raccroché en regardant la pendule murale. Minuit pile. Je ne m'étais pas rendu compte de l'heure.

Je me suis étirée en bâillant. Un coup d'œil jeté par la porte ouverte de mon bureau m'a indiqué qu'à part l'équipe chargée des sports, encore sur le pont à cause du

Mundial, j'étais la seule journaliste à travailler à cette heure pas chrétienne. Normal. Je suis depuis trois ans rédac'chef aux Infos et responsable de la chronique judiciaire.

Deux décennies de galère pour en arriver là. Je passe davantage de temps dans l'immeuble du *Matin* que n'importe où au monde.

Le téléphone a sonné, et le vigile CGT, qui consacre le plus clair de son énergie à cavaler derrière ses avantages acquis et n'aime pas être dérangé pendant qu'il stratège le Grand Soir, a grogné qu'un certain monsieur Dumont demandait à me voir.

— Il est déjà là ? OK, envoyez.

Mon ancien condisciple a débarqué à l'entrée de la salle, a balancé un coup d'œil circulaire, m'a aperçue dans mon aquarium et a foncé vers moi.

— Fanny, sans blague !

— Pourquoi « sans blague » ? Tu pensais que c'était un cybernaute qui t'avait répondu au téléphone ?

— Fanny, j'ai compté, dix-huit ans, rends-toi compte !

Il est toujours grand mais moins frisé. À cause d'une retraite anticipée de ses cheveux. On s'est regardés en souriant par-dessus mon bureau, histoire de faire le point, je me suis levée, et on s'est embrassés joyeusement.

— Merde, t'as pas changé !

Classique. En dix-huit ans je n'aurais pas changé ? À qui il veut faire croire ça ?

— Toi, si. Tu as moins de cheveux et plus de rides.

On a ri avec un poil d'émotion pendant que quelques fantômes du passé traversaient nos mémoires.

— T'es drôlement bien ici, dis donc, a-t-il fait en regardant autour de lui. Tu es chef ?

— De ma gomme et de mon crayon. Ça ne va pas loin. Mais que viens-tu faire à Sodome ? Je te croyais dans tes lointains monts à traire les chèvres... Assieds-toi quand même, camarade.

— Je suis là pour toi. Sinon, je ne quitte jamais mes pâturages. J'ai une compagne et un gosse. Et toi ?

— Ni l'un ni l'autre.

On s'est encore examinés et on a laissé tomber.

— Qu'est-ce que ça veut dire : « Je suis là pour toi » ?

— Je voudrais un conseil et peut-être un coup de main.

— C'est tout ? Tu débarques après presque deux décennies de silence et tu veux tout ça dans le premier quart d'heure ?

— J'ai suivi ta carrière. J'ai arrêté il y a à peu près deux ans quand j'ai décidé de ne plus lire aucun journal ni écouter aucune radio mais je sais que tu es une pointure dans ton genre et que tes éditos sont pris au sérieux. Je me trompe ?

— Je ne sais pas. Il n'y a plus grand-chose qui soit pris au sérieux dans notre Hexagone à part le foot et la mort d'une pseudo-sang bleu. Qu'est-ce que tu veux ?

— Tu as entendu parler de l'assassinat, près de Castelvas où je vis, d'un instituteur appelé Bernard Lenterne ?

— Non.

— Alors du procès d'un commerçant du coin condamné pour le meurtre d'un inspecteur des impôts ?

— Très vaguement.

— Merde, Fanny, t'es journaliste ou chaisière à Saint-Sulpice ?

— Bouge pas. Tu fais une quête pour la veuve du polyvalent ? J'ai eu un redressement il y a deux ans ! Tu t'es déplacé pour rien.

— Les deux meurtres sont liés et Bernard était mon copain.

Je le considère avec un peu plus d'intérêt. Pas parce que l'instit était son copain mais pour l'éventuel lien.

— Liés par quoi ?

— Bernard était premier juré au procès du commerçant, Jules Lesdiguières, qui en a pris pour douze ans. Les amis de ce Lesdiguières ont fait courir le bruit que c'est Bernard qui aurait influencé les autres pour qu'ils aient la main aussi lourde.

— C'est vrai que douze ans pour avoir descendu un polyvalent...

— Lesdiguières était trésorier du GCIF, tu sais ce que c'est ?

— Non.

— Putain ! vous êtes sur la lune ici ! Le groupement des commerçants indépendants de France, ça te branche ?

— Non.

— GCIF. Ils brûlent des perceptions et ne payent pas leurs impôts !

— Des exemples à suivre.

— Ernest Prugel, leur chef, ex-Occident, ex-responsable syndicaliste avant d'être marchand de pompes, éditait *Le Vieux Renard*, mélange d'extrême gauche, d'extrême droite, d'extrême connerie ! Tu vois quoi ?

— J'aperçois.

— Actuellement soutien financier et musclé de certaines mairies du coin tombées dans la teinture vert-de-gris.

— Tu parles toujours comme un Indien Kiowa ?

Il s'est penché vers moi et j'ai retrouvé ma jeunesse dans son œil bleu.

— Ce Lesdiguières et ses potes sont des fachos et Bernard et ses semblables sont leurs ennemis. Les flics du coin ont accrédité pour l'assassinat de Bernard la thèse du meurtre de rôdeur parce qu'ils ne peuvent pas ou ne veulent pas faire de vagues. Tu veux voir les photos ?

Il m'a tendu des épreuves et c'en a été une autre de les regarder. Son copain a été passé au laminoir.

— Qu'est-ce que tu en penses ?

— Il a salement dérouillé.

— C'est pas un rôdeur. Rien n'a été volé. Juste saccagé. Comme par colère, ou vengeance, tu vois ? Bernard était un mec en or. Un routard, il l'aurait invité à bouffer et à dormir.

— Bon. Qu'est-ce que tu attends de moi ?

— Tu enquêtes. Tu fous cette merde en l'air !

— Attends, Bertrand... Je ne suis pas justicier, je suis journaliste.

— Tu as été une privée. Je me trompe ?

— Oui, c'était du temps où je me prenais pour Modesty Blaise. À présent je gagne ma croûte, tu sens la différence ?

— Fanny, Fanny... Tu te souviens à la fac les castagnes contre les antisémites, les anti-Noirs et les anti-tout en général ? Tu ne faisais pas de cadeaux à l'époque.

— J'avais vingt ans et j'étais con.

— Tu en as vingt de mieux et tu l'es toujours si tu ne rebondis pas sur cette histoire.

— Tu sais quoi, Bertrand, tu perds ton temps à traire tes chèvres, tu devrais travailler au Quai comme diplomate.

— Fanny... Ils veulent me faire la peau.

Bertrand se lève et me serre la main.

— Merci d'être venue, Fanny, je te présente Odile, ma compagne, et là, c'est Yann.

Je m'assois et souris à Odile qui serait mignonne si elle n'était pas coiffée comme ses bestioles qui les font vivre. Je jette un coup d'œil dans le couffin où dort un baby rose et blanc.

— Tu as bien voyagé ?

— Ça va.

Je regarde autour de moi. Castelvas, son camping, son campanile et ses coins de pêche. Huit mille habitants. Une place avec des platanes et un bistrot où on est installés.

À une table voisine, quatre types nous dévisagent en ricanant.

— Qui c'est ?

— Des ploucs du coin. Des pas bons, répond Bertrand.

— Vous désirez ?

Le cafetier s'est déplacé. Un tout chauve avec une moustache de beauf et un tablier en grosse toile bleue à l'angle relevé ceint autour de ses hanches Kronenbourg.

— Un demi.

— Une amie ? qu'il demande à Bertrand avec un clin d'œil aqueux.

— Deux autres cafés, répond mon copain, sans logique.

Le type hoche sa tête de supporter de foot et se dirige vers les quatre consommateurs qui s'esclaffent.

— Sympa, l'ambiance.

— Ils peuvent pas nous voir, dit Odile.

— À cause de quoi ?

— Pour eux on est des Martiens, explique Bertrand.

— Pourquoi vous restez ?

— Parce que toutes nos billes sont ici et qu'on n'a pas le choix.

— Ils font partie de ton GICF ?

— GCIF. Je ne sais pas. Le costaud à droite est poissonnier. Il fait les marchés du coin. Une grande gueule.

Le bistrotier revient avec les consommations et en posant mon verre fait couler de la bière sur moi.

— Excusez, ma p'tite dame, j'ai pas l'habitude de servir des Parisiens, ricane-t-il.

— Comment savez-vous que je suis parisienne ?

— Vot' voiture.

— Ah ? Perspicace, dis-je en essuyant mon jean. Mais vous savez, les Parisiens, ça boit comme les autres, dans un verre.

Il s'esclaffe et va vers ses potes répéter ma saillie.

— Tu as compris ? me dit Bertrand.

— Ils sont tous comme ça ?

Il hausse les épaules.

— Très chauvins. N'aiment pas ceux qui n'ont pas l'accent d'ici ou ne chassent pas. Grands sourires et rien derrière. En plus, depuis que les fachos siègent aux conseils régionaux et ont pris des mairies, ils se la jouent exclu. On y va ?

— Je vous suis, dis-je en grimpant dans ma Toyota 4 × 4 qui, vu les routes du coin, risque, pour une fois, d'avoir sa raison d'être.

— Vous avez une chouette voiture, remarque Odile en ramassant son mouflet. C'est ce qui nous faudrait.

— On est à cinq kilomètres, indique Bertrand.

Leur ferme est rustique et sympa. Une longue bâtisse de plain-pied couverte de tuiles façon « tige de bottes », une cour à l'herbe pelée, une chèvrerie moderne, et tout autour des monts aux courbes douces couvertes de lavande.

Un paysage à la Giono mais revu et corrigé, d'après mes copains, par Léon Daudet.

— Joli coin, dis-je en les rejoignant avec mon sac.

— Oui, très joli, soupire Bertrand.

Il m'installe dans une chambre côté montagne et j'avale une grande lampée d'oxygène.

— Ça n'a pas été trop dur avec ton boss ?

— Pas trop. J'ai dit que j'allais lui rapporter un super article et avant qu'il râle, j'étais sortie.

— Viens, on t'a préparé un en-cas.

Pendant que je dévore un sandwich au fromage de chèvre arrosé d'un vin clairet, Bertrand me donne d'autres informations. Odile l'écoute avec application.

— Les gendarmes ont très vite passé la main à la brigade criminelle de Pradoles, commence-t-il.

— C'est dans le coin ?

— Pas loin. De toute façon, le procureur le leur a imposé.

— Attends, il n'y a pas de préfet ici ? J'ai passé une frontière sans m'en rendre compte ?

— Presque. Vous croyez toujours à Paris que vous décidez de tout. C'est peut-être vrai dans les grandes lignes mais je peux te dire qu'au niveau local, la place Beauvau et le ministère de la Justice, ils en ont rien à foutre ! Celui qui dirige l'enquête est un certain Castor, un protégé du maire de Pradoles pour qui il a organisé les milices urbaines et à qui il mange dans la main. Un tocard. Mais attention, super futé. *The right man in the right place.* Le GCIF est cul et chemise avec les politiques. Ils ont constitué des réseaux d'influence, noyauté les établissements bancaires qui ne peuvent rien leur refuser. Tu m'as demandé pourquoi on ne partait pas ? J'ai eu deux clients l'année dernière ; les banques ont refusé de leur prêter de l'argent. Juste pour m'emmerder.

— T'exagères pas un peu ? Les banques ont des sièges sociaux à qui elles doivent rendre des comptes.

— Ici, on vit en autarcie. Leurs mômes sont pris en main dès qu'ils ont l'âge de défiler en portant des pancartes ou de balancer à la flotte ceux qui les dérangent. Les entreprises ont intérêt à penser « bien » si elles veulent avoir une chance de conclure des marchés. On a un ministère de la Culture à Paris, n'est-ce pas ? Tu penses qu'il représente quelque chose ici ? Que dalle ! dans les bibliothèques municipales, le rayon polar, par exemple, subversif par

16

essence, a été réduit à la portion congrue au profit des régionaux qui nous la bercent sur la tradition retrouvée. Tout ça est insidieux, pas franc, souterrain. On avait une amie, directrice de la médiathèque de Verdoyant, une pro. Obligée de partir sous peine de dépression nerveuse. Elle avait le tort et d'être femme et de ne pas penser droit.

— Bertrand, tu me la joues comment, là ? Tu ne ferais pas un peu dans la parano parce qu'un de tes amis s'est fait assassiner ? Ce qui hélas arrive même dans les coins politiquement corrects.

— Tu t'es bien rendu compte, tout à l'heure, au bistrot.

— Je me suis surtout rendu compte que j'étais tombée dans un coin où le plouc macho et ringard, et tu voudras bien excuser cette tautologie, tient le haut du pavé. De là à voir des nains partout...

Bertrand se penche brusquement vers moi au travers de la table.

— Ce qui est navrant, attaque-t-il, c'est que dans vos milieux parisiens hyper protégés où l'on se gargarise davantage de mots que de réalités, vous vivez dans un cocon et croyez qu'il suffit de commenter les éditos de *Libé* ou du *Monde* autour d'une mousse chez Lipp, pour faire avancer le schmilblick. La réalité est un peu différente. Tu as deux France. Et ici, tu as la seconde, qui, si on y fait pas gaffe, deviendra bientôt la première.

— Alors tu veux quoi, Bertrand, que je mène une croisade ? Tu veux que je boute les cons hors de chez toi ? Tu sais comment a fini Jeanne d'Arc !

Il lance un coup d'œil exaspéré à sa compagne, et par ce simple geste je me sens rejetée. Odile me pose la main sur l'avant-bras.

— Il ne faut pas en vouloir à Bertrand, Fanny, il est à bout. Nous aimions beaucoup Bernard parce que c'était un type bien, et savoir que ses vrais assassins ne seront probablement jamais punis nous fait beaucoup de mal.

— Mais vous avez des preuves ou seulement des présomptions ? demandé-je, légèrement agacée.

Bertrand plonge de nouveau sous mon nez.

— Je ne veux pas t'en dire davantage. Fais ta religion toi-même. Si tu es restée ce que tu étais, tu vas vite comprendre.

— D'après toi, je suis restée ?

— D'après moi ? Tu crois que je me serais farci huit cents kilomètres si je n'étais pas certain que t'es toujours la fille spirituelle de Zorro ?

— Par où dois-je commencer ?

— J'ai un pote chez les gendarmes, Pierre Boutier, un Parisien, tu iras le voir.

— D'accord.

C'est vers neuf heures et demie, après le dîner, que la corrida a commencé. Odile avait été coucher son fils et j'étais dans la cuisine-séjour avec Bertrand, quand on a entendu les voitures.

Elles sont arrivées à fond de train et Bertrand s'est levé d'un bond et a décroché son fusil.

— Éteins ! m'a-t-il crié.

Je me suis collée à la fenêtre et j'ai vu par-dessus les murets de la cour deux voitures qui organisaient un rodéo.

Odile est redescendue avec son môme qui pleurait de peur.

— Les fumiers ! a crié Bertrand quand la première bouteille enflammée a été lancée en direction de la chèvrerie.

Elle l'a loupée et d'autres bouteilles se sont perdues dans les buissons qui ont pris feu.

Bertrand a déchargé son fusil pendant qu'Odile lui cherchait des balles. Un vrai western, je n'en croyais pas mes yeux.

Ça n'a pas duré plus de cinq minutes et quand les voitures ont fait demi-tour on s'est précipités tous les trois pour éteindre les flammes.

À l'intérieur, les caprins s'agitaient et bêlaient et on aurait cru entendre pleurer des gosses. Ces salopards les auraient fait griller sans mollir.

Je venais de comprendre que Bertrand n'avait pas forcé le trait.

— Lieutenant Boutier ?

— Oui, bonjour.

Un joli gendarme, mince et brun, avec de grands cils. Pas intérêt à ramasser sa savonnette n'importe où.

— Je suis l'amie de Bertrand.

— Oui, il m'a prévenu. (Il se lève de derrière son bureau et me tend la main.) Installez-vous, m'invite-t-il.

— Merci.

On s'assoit. Il me considère en souriant et allume une Gitane.

— Vous avez déjà fait connaissance avec les gens du coin, paraît-il ?

— Vous savez ce qui s'est passé à la ferme, hier soir ?

— Bertrand m'a raconté.

— Qu'est-ce que vous allez faire ?

— Rien. Il ne porte pas plainte parce qu'il craint pour les siens. Je lui ai dit de vendre mais il est têtu. C'est vrai qu'il tirerait pas grand-chose de la bâtisse. Qu'est-ce que vous venez faire ?

— Qu'est-ce que vous pensez de la mort de Bernard Lenterne ?

— Vous avez été élevée chez les jésuites ?

— Parce que ?

— Je vous pose une question et vous me répondez par une autre...

— Excusez, l'habitude du métier. Alors, Lenterne ?

Il hausse les épaules qu'il a assez étroites dans son pull bleu.

— La thèse du rôdeur ne tient pas vraiment la route à part qu'ils ont appréhendé un suspect et qu'ils viennent ce matin faire une sorte de reconstitution.

— C'est vous qui êtes arrivés les premiers sur les lieux, qu'avez-vous constaté ?

— Vous êtes toujours aussi rapide ?

— Pas rapide, lieutenant, précise. J'ai vu de quoi les gens d'ici étaient capables. J'avoue que lorsque Bertrand m'a raconté ça j'ai cru qu'il en rajoutait, mais j'ai changé d'avis. Ce matin j'ai téléphoné à mon canard pour lui raconter ce qui s'était passé, mon boss m'a dit de foncer.

— Ici, on ne peut pas foncer, rétorque Boutier après un temps de réflexion. On est à une heure de vol de Paris mais c'est comme si on était sur un autre continent. Un peu comme la Corse, voyez ? Les dernières élections n'ont rien arrangé.

— Qui tire les ficelles ?

Au moment où il va répondre, la porte de son bureau s'ouvre et un type entre, Boutier se lève, l'air furieux.

— Je ne vous ai pas entendu frapper, lieutenant.

— Ah ? Pourtant je l'ai fait, répond le type en me regardant. Je ne savais pas que vous étiez occupé. Je venais vous prévenir qu'on allait procéder à la reconstitution avec monsieur le juge qui vient d'arriver.

Il a la couleur et la forme de l'endive. Sa peau imberbe est si fine que l'on dirait celle d'une femme. À mon avis, ce type a des problèmes d'hormones.

— Je suis le lieutenant Castor, dit-il en me tendant la main qui a la consistance d'une éponge humide. Avant on disait inspecteur. Et vous, vous êtes Fanny Walter, c'est ça ?

— Vous êtes bien renseigné.

— C'est mon boulot.

Il esquisse un vague sourire mais ses yeux, qui ne dépareraient pas une tête de veau, restent sans vie.

— Je vous accompagne, lui dit Boutier. Vous venez avec nous ?

— Je suis là pour ça, lieutenant.

Castor me tient la porte mais ne s'efface pas. Du coup, je râpe son ventre en passant. Connard !

On surgit dans la rue où des flics entourent un type qui paraît ne rien comprendre à ce qui se passe. Sa tête joue les essuie-glaces comme un habitué de Roland-Garros. Un homme se détache du groupe et vient vers nous.

— Je suis le maire de cette ville, et vous, qui êtes vous ?

À la façon dont il me regarde, j'ai l'impression qu'il sait.

— Fanny Walter, monsieur le maire, envoyée spéciale du *Matin*.

— Envoyée spéciale ?

— Je couvre le meurtre de Bernard Lenterne.

— Le meurtre de ce malheureux instituteur ? Paris nous fait bien de l'honneur... Serais-je trop curieux si je vous demandais ce qui vous intéresse dans ce fait divers ?

— La rapidité de l'enquête.

— Oh, mais notre police est des plus compétentes... Merci de le remarquer.

— On y va ? coupe Castor. Le juge nous attend sur place.

— Vous montez avec nous ? demande le maire.

— Je vous suis, merci.

On processionne jusqu'au lieu du crime. Je remarque Bertrand dans la foule qui attend. Je regrette qu'il n'ait pas porté plainte pour hier soir.

Le suspect est tiré de la voiture et traîné à l'intérieur de la maison. Je les suis. La foule est silencieuse et sa tension est palpable.

Le juge est déjà là et écoute un flic lui expliquer la situation :

— Lenterne a surpris son voleur au moment où il entrait chez lui, et l'autre, pris de panique, l'a frappé. Voyez, monsieur le juge, Lenterne a d'abord été jeté à terre puis roué de coups.

Le juge acquiesce, et relevant la tête, me fixe.

— Vous êtes qui ?

C'est une manie. Je ne suis pourtant pas seule dans la pièce. Mais apparemment ils se connaissent tous.

— Fanny Walter, du journal *Le Matin*, monsieur le juge.

— Pas de journaliste.

Du coup, tout le monde me dévisage.

— Je fais mon métier, monsieur.

— Pas de journaliste, répète-t-il.

Un flic me prend par le bras mais je me dégage.

— Qu'est-ce que vous faites de la liberté de la presse ? demandé-je, rogue.

— Je m'en torche !

Je reste bouche bée.

— Dehors !

On me pousse à l'extérieur et on ferme la porte. La foule me dévisage sans aménité et Bertrand sort des rangs et me rejoint.

— Qu'est-ce qui se passe ?

Je suis si furieuse que j'ai du mal à parler.

— Il m'a foutue dehors !

— Qui ?

— Circulez, dit un gendarme.

— Viens.

Bertrand m'entraîne plus loin.

— Ils n'ont pas voulu que tu assistes à la reconstitution ?

— C'est qui ce juge ? Himmler ? D'ailleurs il lui ressemble !

— Il est arrivé dans les fourgons du vice-président de région. Même équipe que Castor. Au fait, tu l'as vu ?

— Qui ? L'hermaphrodite ? Oui.

Pierre Fernandez arriva en dernier avec son pote Robert. Grigri était déjà là à rigoler avec Jean, le bistrotier.

— Hey, les gonzes ! s'exclama Grigri, les apercevant.

Fernandez et Robert le rejoignirent.

— Comment vas-tu yau d'poil ? demanda Grigri sans qu'aucun lui répondît.

L'ambiance était bruyante mais pas davantage que lors des autres réunions. Ernest Prugel était sur l'estrade à pérorer avec un gus que Fernandez ne connaissait pas.

— Tu sais qui c'est le type avec Ernest ? demanda-t-il à Grigri.

— J'sais pas, un gars de Paris, j'crois, répondit Grigri en haussant les épaules.

Il était de courte taille mais costaud. Ses cheveux mal coupés formaient autour de sa tête une tresse de laine. Il tenait le garage de Mantus, un petit patelin près de Castelvas.

— Qu'est-ce qu'il vient faire ?

— J'sais pas ! Un ponte, peut-être.

Robert ricana. Les pontes, c'était bon qu'à s'en mettre plein les poches, et le boulot, c'était pour les sans-grade comme eux. La preuve. Qui c'est qu'avait fait le nettoyage, dernièrement ?

Les trois copains s'installèrent, et Prugel, les apercevant, leur adressa un signe amical de la main.

Robert se rengorgea malgré lui.

On se serra les pognes avec virilité, comme on aimait, parce que c'est toujours bon de se retrouver avec des gens qui sentent comme vous. Dixit Fernandez.

Ce à quoi Grigri lui avait répondu en se marrant qu'il tenait pas trop à sentir comme le poissonnier. Faux pas du garagiste. Le poissonnier l'avait mal pris.

— C'est quoi, l'ordre du jour ? demanda Jean qui se glissa près d'eux.

Fernandez haussa les épaules.

— J'sais pas. J'ai juste reçu le coup de bigo hier.

Prugel se redressa vers le public composé d'une douzaine d'hommes, quelques-uns en complet-veston, tous légèrement rassis.

— Mes amis... (Il leva les paumes des mains en souriant.) Mes amis, quand vous voudrez on pourra ouvrir la séance.

Le brouhaha s'apaisa peu à peu.

— Mes amis, d'abord merci encore une fois d'être venus malgré vos obligations professionnelles, et merci d'être fidèles. Ce soir, j'ai le privilège de vous présenter un homme pour qui j'ai beaucoup d'estime, et je le connais depuis longtemps, puisqu'il a été à la base de mon engagement militant au service de notre mouvement de commerçants. Cet homme, c'est Bruno Nottin, secrétaire national du GCIF, envoyé par les instances de Paris nous apporter leur soutien. Je vous demande de l'applaudir de confiance. (Ce que firent les présents avec un peu de mollesse.) Merci, reprit Prugel, et maintenant je laisse la parole à Bruno Nottin.

Le bonhomme s'inclina vers le micro.

— Bonsoir, messieurs. (Il se racla la gorge.) Bonsoir mes amis.

— Bonsoir, murmura Fernandez, goguenard.

— Mes amis, continua Nottin en se redressant et en promenant son regard sur l'auditoire, je suis ici ce soir à la demande de mon ami Prugel qui m'a dit vos problèmes en ce qui concerne le récent procès dont a été victime notre camarade Jules Lesdiguières que je connais personnellement et que je tiens comme vous tous en très haute estime.

« Jules a été le bouc émissaire d'un gouvernement inféodé au grand patronat, aux multinationales, aux capitaux étrangers ; un gouvernement qui soutient des gens qui n'ont rien à faire ici et coûtent beaucoup d'argent à la communauté ; un gouvernement qui préfère écraser les entreprises françaises sous des taxes qui les noient plutôt que de les aider. Combien de faillites, de tragédies faudra-t-il pour que ceux qui nous gouvernent prennent conscience que les Français en ont assez de payer pour les étrangers, assez de vivre dans l'insécurité, assez de recevoir des leçons de gens qui feraient bien de balayer d'abord devant leur porte ? Des Français qui refusent que Bruxelles ou Hambourg leur dictent leurs lois. Des Français attachés à leur sol, à leur métier, à leur famille !

« Jules Lesdiguières n'a pas supporté que des amis à lui soient acculés au suicide et laissent derrière eux des veuves et des orphelins éplorés parce qu'une espèce de valet salarié, un de ces types qui parasitent notre système et nous empêchent d'évoluer, fouille avec ses doigts crochus dans leurs affaires. Messieurs, je vous le demande, quel est le contribuable qui n'a pas essayé au moins une fois de rouler le fisc, cette espèce de maquereau légal qui nous fait chaque mois le coup de la « comptée », comme si nous étions des, excusez-moi, des gagneuses !

Nottin s'arrêta pour juger de l'effet de sa verve. Tous s'esclaffèrent en secouant la tête.

— Ça, il a raison, ils nous prennent vraiment pour leurs putes ! renchérit Grigri. Tu sais c'que j'ai dit à la gonzesse qui s'occupe de ma TVA... commença-t-il en se tournant vers Jean, mais déjà Nottin reprenait.

— Jules a payé pour un geste, certes répréhensible, mais compréhensible dans l'état actuel des choses. Si je suis parmi vous ce soir c'est parce que je sais qu'on a dit que la récente agression qui a coûté la vie à l'instituteur de Reinolles aurait pu être commise par des amis de Jules, pour le venger en quelque sorte. Il faut qu'on sache ! martela-t-il soudain en tapant du poing sur la table, que nous n'accepterons pas ces calomnies ! Que nous en avons assez d'être les têtes de Turcs de ces petits messieurs de Paris qui veulent compter à notre place dans nos tiroirs-caisses et en profitent pour nous salir à distance. Non, messieurs, la ploutocratie judéo-maçonnique dont faisait partie ce Dreyfus de sinistre mémoire, décidément c'est une manie dans cette famille d'emmerder, excusez du terme mais y en a pas d'autre, d'emmerder les honnêtes gens qui ne cherchent qu'à faire bien leur boulot sans, comme tant d'autres, profiter de la Sécurité sociale à laquelle ils n'ont même pas droit ou du chômage qu'ils ne touchent pas. Messieurs, nous devons rester solidaires, tous ensemble, et donner nos voix à ceux qui nous défendent le mieux et avec courage, et qui préfèrent voir travailler un Français que feignasser un étranger qui prend la place des nôtres !

— Bien envoyé ! dit Grigri.

— Ouais, reconnut le bistrotier.

Ernest Prugel reprit le micro une fois que les applaudissements furent apaisés.

— Merci à notre ami Bruno Nottin de s'être dérangé pour nous soutenir, et merci... aux dames de nos camarades Racouchot et Sidos qui nous ont préparé le buffet de ce soir. Mes amis, à nos verres !

Les spectateurs se levèrent et se dirigèrent bruyamment vers les tables dressées un peu à l'écart. Grigri fit signe à Fernandez et Robert de le rejoindre.

— Qu'est-ce t'as ? interrogea Robert.

— Dis donc, tu prends de l'ampleur ! lui renvoya Grigri en lui tapant sur l'estomac.

— Laisse béton, comme disent mes mômes, grommela Robert Moisson, menuisier de son état, et qui avait la coquetterie de ramener des mèches sur le dessus de son crâne pour en cacher la nudité.

Pierre rigola et passa les verres à ses amis.

— Alors, qu'est-ce tu veux ?

Grigri jeta un rapide coup d'œil autour de lui.

— Vous savez qu'il y a une pisse-copie qu'a rappliqué de Paris pour Lenterne ?

— On l'a même vue, dit Fernandez.

— Ah bon, où ?

— Ben, chez Jean. Elle arrivait juste quand on buvait un coup. Et devine qui sont ses potes ?

Grigri haussa les épaules dans un geste d'ignorance.

— Les pouilleux aux chèvres ! articula Moisson. Ouais, mon gros ! Qui se ressemble s'assemble !

— Et alors ? demanda Grigri d'un ton inquiet.

— Alors ? (Pierre Fernandez haussa les épaules à son tour.) Alors, rien. Castor est sur le coup, le juge sait ce qu'il doit faire... Elle ira pisser ses copies dans les chiottes ! De toute façon ils ont ramassé une cloche qui traînait par là ! On est blanc-bleu !

— Parle pas si fort, conseilla Moisson.

Ernest Prugel s'approcha d'eux, portant une assiette en carton où une cuisse de poulet desséchée se tenait en équilibre.

— Bonjour les mousquetaires, dit-il joyeusement. Dis donc, Grigri, t'es en retard de tes cotisations !

— T'occupe, j't'enverrai ça ! L'essentiel c'est qu'j'sois pas en r'tard pour le reste !

— Quel reste ? rigola le chef syndicaliste.

Robert lança un regard noir au garagiste.

— Y veut nous faire croire qu'y saute sa bourgeoise tous les jours, ricana-t-il.

— Ah ? Et ta dactylo, tu la sautes quand ?

Ils s'esclaffèrent.

— Quand je la lui laisse, dit Fernandez.

Ils repartirent à rire.

— Dites donc, les gars, reprit Prugel, l'adjoint au maire de Pradoles m'a parlé d'un voyage organisé qu'il propose aux gars qui aiment tirer quelques cartouches. Les palombes, dans le Sud-Ouest, ça vous dit ?

— J'croyais que l'Europe l'avait interdit... s'étonna Robert Moisson.

— Tu sais où on s'la met, l'Europe ? répondit Prugel.

— Dis donc, ça fait du monde à c't'endroit-là ! objecta le poissonnier.

Leurs éclats de rire attirèrent l'attention des autres qui se rapprochèrent.

— Toujours à se marrer, hein ? dit un grand sec qui tenait un pressing à Pradoles.

L'ambiance était à la gaieté mais Grigri ne démordait pas de son inquiétude.

— Paraît qu'il y a eu un rodéo chez les chèvrefeuilles, murmura-t-il à ses potes quand ils furent un peu seuls.

Moisson et Fernandez se regardèrent.

— Paraît, ouais.

— Ben moi, cette gonzesse de Paris m'inquiète. Si on lui secouait un peu les puces ?

— J'sais pas si ce serait bien, objecta Moisson d'un ton pensif. Faut pas trop tirer sur le bambou, si tu veux mon avis. Laissons venir.

La réunion se termina peu après que Ernest Prugel eut mis les cotisations des présents à jour.

Je suis à la poste pour téléphoner à Paris quand j'aperçois le maire de Castelvas, Alain Rasca, entrer et poster des lettres. Il me voit et me fait un grand sourire.

Je termine ma communication et sors de la cabine.

— Bonjour, me dit-il d'un ton jovial, vous vous plaisez chez nous ?

— Ça va.

— J'espère... j'espère aussi que vous dites pas trop de mal de nous à Paris ? ricane-t-il.

— Pourquoi ? il y aurait de quoi ?

— Ben, j'ai vu que le juge n'avait pas été très coopératif.

— C'est le moins qu'on en puisse dire. Il a quelque chose à cacher, peut-être...

— Oh, j'crois pas, mais vous savez ce que c'est, en province on se méfie un peu des gens de Paris.

— Il n'y a pas de raison.

— Sûrement. Vous allez continuer à enquêter sur cette histoire ?

— Disons que je vais la suivre. Voyez-vous, monsieur le maire, je trouve l'instruction un peu bâclée. Il a avoué, votre suspect ?

— Heu... pas encore, mais on a pas mal de choses contre lui.

— De quel genre ?

— C'est un récidiviste. Un voleur connu des services de police. L'inspecteur Castor m'a dit qu'il détiendrait une preuve de sa culpabilité.

— Laquelle ?

Le maire se penche vers moi comme pour me confier un secret.

— Ça reste entre nous, hein ? Castor veut pas qu'on en parle encore, mais on aurait retrouvé dans son gourbi un livre au nom de Lenterne. Un manuel de géographie.

— Et alors ?

— Un manuel de géographie et la carte d'identité de ce pauvre Lenterne. Ça suffit pas, vous croyez ?

Je grimace. Non, ça ne suffit pas. N'importe qui aurait pu glisser ça dans le sac du routard.

— Évidemment... dis-je pensivement.

— Vous voyez !

— À plus tard, monsieur le maire.

Je le laisse planté au milieu de la poste et me dirige vers l'appareil fax que l'administration met à disposition de ses usagers pour une somme modique.

— Je voudrais envoyer une dizaine de feuillets, indiqué-je à la préposée.

— Allez-y, formez votre numéro, répond-elle en désignant l'engin. J'vous ferai le compte après.

Je m'active et observe du coin de l'œil monsieur le maire, qui, après un instant de flottement, a pris le parti de s'intéresser à une proposition de prêt sur papier glacé.

J'envoie mes feuillets et paie la préposée.

— Vous voulez emprunter, monsieur le maire ? dis-je, facétieuse, en passant près de lui.

— Hein ? heu... Je regarde... J'ai jamais compris comment ça fonctionnait un fax... C'est pratique, hein ?

— Très.

— C'est un article que vous avez envoyé ? demande-t-il sans vergogne alors qu'on sort sur le trottoir.

Je le regarde en exagérant un air effaré.

— Pardon ?

— Vous me trouvez indiscret ? Mais vous comprenez, je ne veux pas de vagues, ici.

— Pas de vagues ? Ça veut dire quoi ?

— Ça veut dire qu'on n'a pas envie que Paris nous prenne pour point de mire. Des assassinats, hélas, il y en a partout et tous les jours. Alors pourquoi vous intéressez-vous à celui de Lenterne ?

C'est rare un gland de cette qualité.

— Monsieur le maire, vous êtes le premier magistrat de cette ville, n'est-ce pas ? Et en tant que tel vous devez veiller à ce que la Constitution française soit respectée. Je suis journaliste auprès d'un grand quotidien français, grâce à quoi je suis en possession d'une carte de presse numérotée et officielle qui me donne le droit d'écrire des articles sur des sujets qui me semblent intéressants, sans que j'aie à donner la moindre justification à quiconque, à condition de respecter la déontologie de mon métier. D'accord ? Alors, si j'ai envie d'en savoir davantage sur la mort de l'instituteur et que je juge que ça peut intéresser mes lecteurs, vous ne devez pas intervenir... monsieur le maire...

Il me fixe, et je vois éclore les fleurs du mal dans son regard mouillé.

— En tout cas, éructe-t-il après quelques secondes pendant lesquelles il m'a fusillée des deux yeux, je vous laisserai pas dire des conneries sur l'un ou l'autre !

Mais où l'ont-ils trouvé, cet abruti ? Si je n'avais pas de soupçons, à présent j'en serais bourrée.

— Pas de conneries, réponds-je, suave. Simplement me renseigner, d'accord ?

Il voit que je me fous de lui et ça n'arrange pas son ire. Dernière salve des mirettes et il tourne les talons.

Un supporter de plus. Je passe devant le bistrot du premier jour et je vois le patron se pencher pour me regarder par-dessus son comptoir. Le café s'appelle *Chez l'Ami Jean*.

Ça ne doit pas me concerner.

— Je voudrais voir Ernest, Marinette, dit le maire au téléphone.

— Il est à la réserve. Tu veux qu'il te rappelle, Alain ?

— Oui. Je suis à la mairie. Ou mieux, je l'attends.

— Il fait le réassort, c'est pressé ?

— Je l'attends, répète Alain Rasca en raccrochant sèchement.

Ernest Prugel débarque vingt minutes plus tard, pas spécialement de bonne humeur. Il ne goûte pas l'autorité de Rasca qu'il a grandement aidé à faire élire.

— Qu'est-ce t'as, attaque-t-il d'entrée en débarquant dans son bureau.

— Assieds-toi, invite Rasca.

— Marinette t'a dit que je faisais le réassort, j'attends un représentant demain, alors j'ai pas trop de temps.

— J'ai parlé avec la journaliste de Paris, dit Rasca, et elle a envoyé un article à son canard, je l'ai vu. Par fax.

— Et alors ?

Le maire hausse les sourcils.

— J'sais pas ce qu'elle a dit dans c't'article. Tu sais qu'elle est là pour l'assassinat de l'instituteur ?

— C'est ce que j'ai compris. Et alors ?

— Bon Dieu, Prugel, tu y crois, toi, à la thèse du rôdeur ? T'as vu sa gueule au rôdeur ? J'le connais, moi, depuis toujours ! Sa mère déjà en tenait une couche ! Son père, on n'a jamais su qui c'était. Lui, il va, il vient... Il pique une poule ou deux, pose un collet, chourave des fruits, mais ça va pas plus loin !

— Bon, alors c'est p't'êt' pas lui ! Qu'est-ce j'en ai à foutre ?

— Et si c'étaient des gars de chez toi ? dit brusquement le maire en se penchant vers lui et en plantant son regard dans le sien.

— T'es malade !

— Ah, bon ? Et qui c'est qui lui envoyait des lettres, à Lenterne ?

— Pour le faire chier !

Le maire se rejette en arrière et considère son interlocuteur.

— Moi, je voudrais en être sûr, martèle-t-il, que c'était juste pour le faire chier.

— Arrête, tu déconnes ! râle Prugel.

— Alors, si c'est pas tes gars, si c'est pas l'autre abruti, c'est qui ?

— C'que j'sais ! Castor est sur le coup ! C'est son boulot, pas l'mien !

Le maire revient en avant.

— Tu sais que Paris nous lâche pas les couilles depuis les dernières élections et que là-bas ils attendent le premier faux pas pour nous mettre dedans ? Tu sais que mon collègue de Pradoles il aimerait pas beaucoup avoir un pétard qui lui éclate à la figure ? Il a pas besoin de ça pour avoir des emmerdes...

— Mais qu'est-ce tu radotes ? soupire Prugel. Que c'est des gars d'ici qu'auraient fait sa fête à cet empaffé d'instit ? Tu rigoles ? On a fait semblant, mais pour un con comme Lesdiguières, personne n'allait se mouiller ! Descendre un contrôleur des impôts, qui s'appelle Dreyfus, en plus, et le dire en plein prétoire. On peut pas faire plus con !

— J'en sais rien, soupire le maire à son tour. J'en sais rien. Moi, tout c'que j'sais, c'est que le demeuré a pas pu faire ça. Le bouquin, c'est Lenterne qui a dû lui filer parce que y avait des photos et que l'autre taré il adore ça, Et même, il aurait pas cogné comme ça ! Moi, j'te dis qui faut chercher ailleurs. Parce que Castor va pas pouvoir faire tenir l'histoire très longtemps si les fouille-merde de Paris rappliquent.

Prugel le regarda d'un air songeur.

— De toute façon, j'sais pas qui c'est.

— Tu les connais, tes gars ?

— Oui, et alors ?

— Le beau-frère de ce pauvre Mirmont qui s'est fait sauter la caisse, il est pas un peu porté sur la gâchette ? C'est pas lui qu'aurait déjà eu dans l'temps une histoire de voisinage qui s'est réglée à coups de flingot ?

— Gastier ? Tu rigoles, y dessoûle pas ! Non, si ça été fait exprès, c'était un plan préparé, pas un coup de colère d'un soûlot. D'ailleurs, il était fâché avec son beauf. Et sa femme, du coup, elle a hérité.

— Bon, ben moi, j'en sais rien. Tout ce que je sais, c'est que l'autre pétasse elle fourre son nez partout et qu'elle, elle va trouver, crois-moi !

— Qu'elle trouve, qu'j'en ai à foutre !

— Qu't'en a à foutre ? ben, mon pote, si c'est tes adhérents, des potes de Jules qui ont massacré Lenterne, ben tu peux dire adieu à ton GCIF, parce que le collègue de Pradoles il te laissera tomber comme une merde pour pas être entraîné par la chasse d'eau en même temps que toi !

Je déplie la bande du *Matin* que le facteur vient de m'apporter. Mon édito est sur ses deux colonnes habituelles. Pas en bandeau, bien sûr, il n'y a pas de raison.

— Alors ? me demande Odile qui se laisse tomber à côté de moi sur l'herbe avec son Yann.

Il est mignon, son mouflet. On ne l'entend pas et il gazouille tout seul quand elle le laisse sur sa couverture à l'ombre.

Ce que j'apprécie chez mes hôtes, c'est qu'ils n'en font pas des tonnes avec lui. Sa mère n'a pas l'air de penser, comme certaines, que c'est la première fois qu'un minot vient au monde, et que même s'il y en a eu d'autres avant ils n'avaient rien à voir avec la merveille des merveilles qu'elles viennent de pondre. Non, elle et Bertrand sont simplement contents.

— C'est là, dis-je en lui passant le journal.

Elle lit l'article et je la vois sourire.

— Merci d'avoir parlé comme ça de Bernard, dit-elle. On a du mal à se remettre de sa mort, surtout de ce genre de mort. Je crois que c'est ce qui nous fera partir. Nous n'avons pas envie que Yann soit élevé au milieu de ses assassins.

— Je comprends. Vous avez une idée, vous ou Bertrand, de qui aurait pu faire ça ?

Elle hoche la tête et soupire.

— Vous savez, on ne connaît pas vraiment les gens d'ici. Au début on a essayé de se faire accepter et on a renoncé. Ils en sont encore à nous appeler des « beatniks », vous vous rendez compte ? Quand on a mis nos terres en chasse gardée, ça a été le comble. Ils venaient le plus près possible et ils tiraient vers la maison. C'est là que Bertrand a acheté un fusil et un permis de chasse.

— Et le GCIF ?

— Un groupement pire que les poujadistes ; vous vous rappelez les poujadistes ? Ils sont largement subvention-nés par la municipalité de Pradoles. Les adhérents, les plus jeunes tout au moins, servent de colleurs d'affiches et de service d'ordre à leur mouvement.

— Le Mouvement national ?

— Oui. Eux et les chasseurs en croquent drôlement, ici. Aux dernières élections ils étaient tous ensemble, fallait les entendre. Alors ce pauvre contrôleur qui s'appelait Dreyfus il n'avait pas beaucoup de chance avec eux.

— Et pour votre ami ?

— Bernard ? Il faisait partie d'un comité anti-chasse et anti-Mouvement national. Écolo, il essayait de faire com-prendre aux agriculteurs qu'ils devaient préserver leurs terres en ne les empoisonnant pas avec des engrais ou des pesticides. Vous voyez, il avait tout faux.

— Et vous ?

— Avant la naissance de Yann on l'accompagnait par-tout. Après j'ai dit à Bertrand que je n'avais pas envie que Yann grandisse sans père ou sans mère, et on a un peu laissé tomber.

— À ce point-là ?

Elle fait la grimace et secoue la tête.

— Ce sont des mauvais, vous savez.

Je retourne voir Boutier mais il est sorti en patrouille. À sa place son adjoint, Pernaux, la quarantaine enveloppée et pas spécialement aimable.

— Il reviendra pour déjeuner, m'indique-t-il. J'peux p't'être vous dépanner.

— Je voudrais savoir où je peux trouver la liste des adhérents du GCIF et que vous me disiez qui est le prési-dent de la ligue des chasseurs.

Il me considère un moment sans répondre et je le regarde de la même manière.

— C'est « secret défense » ? avancé-je.

— Non... mais c'est pour quoi ?

— Je fais une enquête et j'ai besoin d'éléments.

— Une enquête sur le meurtre de Lenterne ?

— C'est ça.

— Le juge vous a pas dit...

— Si, le juge a dit quelque chose. Il a dit qu'il ne voulait pas de journaliste sur les lieux du crime. Mais il n'a pas interdit de s'intéresser à l'enquête. Sinon ça voudrait dire que l'on est à La Havane ou à Pékin.

— Quoi ?

— Je vous demandais simplement un renseignement. Si vous ne voulez pas me le donner je chercherai dans les pages jaunes.

— C'est l'inspecteur Castor qui mène cette enquête...

— Je le savais déjà. Tiens, brigadier, en fin de compte, je vais aller à Pradoles voir Castor. Bonne journée.

Trente bornes entre Castelvas et Pradoles. Un monde. Castelvas est joli, et Pradoles, sinistre. Curieux, dans ce climat, une ville pareille.

L'hôtel de ville a été repeint depuis l'arrivée de la nouvelle équipe. L'inévitable fontaine crache son eau d'une façon brouillonne. Rien à dire, la ville est bien tenue. Pas un SDF, pas un routard. Des rues piétonnes où déambulent des hommes en battle-dress marine, longue matraque au côté, qui papotent avec les commerçants.

Le commissariat est également sur la place et je m'y rends gaillardement quoique je suis sûre de ne pas y être la bienvenue.

Propre, clair, des ordinateurs, des coupes de cheveux réglementaires, pas une épingle qui traîne. C'est bon la France !

— Lieutenant Castor... demandé-je au préposé.

— C'est pour quoi ?

Je sors ma carte qu'il examine longuement avant de me regarder.

— Oui, mais c'est pour quoi ?

— Pour lui parler, souris-je.

Il comprend que j'ai tout mon temps et, en plissant les lèvres, qu'il a surmontées d'un trait de poils, décroche son téléphone.

— Une journaliste à l'accueil, lâche-t-il. (Puis :) Oui... c'est ça... oui, Paris...

Il me regarde par en dessous.

— L'inspecteur va vous recevoir.

Il raccroche.

— Je m'assois ?

Il ne répond pas et retourne à ses papiers.

Castor débarque cinq secondes plus tard.

— Vous vouliez me voir ? demande-t-il en me tendant sa pattemouille.

— Oui. Je peux ? demandé-je en désignant la porte de son bureau entrouverte.

— Je vous en prie.

Je me méfie du coup du ventre en avant et je passe avant qu'il ne se mette en position.

Je m'assois devant son bureau et il fait le tour pour faire la même chose de l'autre côté.

— Je vous écoute.

Il s'est installé les avant-bras sur la table et me sourit. Et je m'aperçois qu'il a la tête des grenouilles des Muppets. Du coup, je suis tellement fascinée que je reste muette.

— Qu'est-ce que je peux faire pour vous ? insiste-t-il.

— Heu... oui. Comme vous savez, j'enquête sur le meurtre de Bernard Lenterne qui s'est produit après celui de Victor Dreyfus...

— Je ne vois pas le rapport.

— C'est là où nos avis divergent, souris-je.

— Vous m'en voyez navré mais jusqu'à preuve du contraire c'est la police qui est chargée de ce genre de problèmes... à moins qu'à Paris...

— Non, à Paris aussi. Monsieur l'inspecteur, ou plutôt lieutenant (il a un geste indulgent de la main), le peu de choses que j'ai apprises depuis que je suis arrivée m'ont donné à penser que l'instituteur de Reinolles n'était pas bien vu d'une partie de la population et...

— Qu'est-ce qui vous fait dire ça ?

— Les lettres de menaces qu'il a reçues, lieutenant. Voyez, quand quelqu'un est menacé et que tout de suite après on le tue, souvent, vous me croirez si vous voulez, la police fait le rapprochement.

Bon, je suis mal embarquée. Il a toujours l'air d'une grenouille mais d'une grenouille contrariée.

— Vous êtes venue pour faire la maligne ?

Il demande ça tout doucement mais j'ai un frisson le long de l'échine.

— Non, mon travail. Je m'occupe entre autres de la chronique judiciaire au *Matin*. Je veux savoir la vérité sur le meurtre de Lenterne et être certaine que c'est bien son assassin qui a été arrêté.

Il se recule sur son siège et s'examine les ongles comme s'ils venaient de lui pousser.

Une fois qu'il les a comptés et recomptés, il dit d'une voix douce :

— Je ne peux pas vous empêcher de faire votre travail, madame... heu... Walter ? ni penser ce que vous voulez... Par contre je peux vous empêcher de nuire... à la vérité, achève-t-il en me regardant avec un franc sourire. Vous enquêterez à votre manière... Mais il ne faudra pas vous étonner de ne pas rencontrer une... grande coopération de la part de mes concitoyens. Voilà, je vais vous libérer. Bonne chance, madame... heu... Walter. Walter... c'est anglais ?

Je ne réponds pas et me lève.

— Je ne voulais pas être votre ennemie... tenté-je.

— Mais nous ne le sommes pas. Je suis officier de police et vous êtes une... visiteuse. Que vous soyez journaliste ou marchande de marrons n'est pas mon problème. Dans les deux cas, il faudra vous montrer prudente.

— Prudente... ?

— Au revoir, madame, me dit-il en me raccompagnant.

Grigri contemplait par la vitre de son bureau son commis effectuer une vidange. Mais il avait l'esprit ailleurs. Son esprit était encombré et inquiet. Et il n'aimait pas.

Il essuya ses mains humides sur sa cotte. Pierre et Robert ne semblaient pas comprendre que ça sentait mauvais cette histoire. Lui s'en était tout de suite rendu compte. En sortant de chez l'instituteur, il l'avait bien vu, le rideau de la vieille toquée, se soulever quand ils avaient filé. Fallait pas sortir de Polytechnique pour comprendre qu'elle les avait retapissés, la vieille.

Il respira avec un soupir oppressé. Déjà que la bourgeoise se doutait de quelque chose. Normal, fallait voir sa chemise et son futal quand il était revenu. Empesés de raisiné. Elle n'avait pas été dupe de l'histoire du chien écrasé qu'il aurait examiné pour s'assurer qu'il était mort. Elle savait bien qu'il l'aurait pas fait. Un chien. Quel abruti, ce Fernandez !

Il hésita et décrocha son téléphone. Robert répondit aussitôt.

— Oui ?

— C'est moi, Grigri.

— Qu'est-ce tu veux ?

— J'm'inquiète.

Il entendit soupirer le menuisier à l'autre bout.

— Ben, prends des vacances, lâcha son copain après un moment.

— Tu te fous de moi !

— Oh, merde, Grigri, qu'est-ce que tu veux qu'j'te dise ? J'suis occupé là.

— Qu'est-ce qu'y pense, Pierre ?

— Rien. Bon Dieu, Grigri, ils l'ont leur coupable !

— Ça tiendra pas. J'suis passé chez Jean, hier. Il m'a dit que vot'maire était emmerdé avec la journaliste.

— Pourquoi ?

— Parce qu'elle s'accroche comme un clébard sur un os. Il a été voir son collègue à Pradoles.

— Et alors ?

— Ben c'est tout juste si l'autre l'a pas sacqué. Tu comprends, pour eux, on est de la merde !

Robert soupira encore.

— Qu'est-ce tu veux qu'j'te dise ? Tout ce qu'on a à faire c'est de garder not' calme. Faire le mort.

— Ouais, ben moi j'suis nerveux, répliqua Grigri en raccrochant sèchement, et vivant !

Il regarda sans le voir son commis vérifier les niveaux, et se leva.

— J'vais faire une course, j'serai pas long, lui cria-t-il.

Il prit sa camionnette et enfila la route de Castelvas. Il n'avait pas de plan. Il voulait juste bouger.

Il dépassa le bourg et continua jusqu'à la ferme des fadas. Il s'arrêta une centaine de mètres avant la maison et continua à pied. Il savait que c'était ce dingue de chevrier qui avait appelé la journaliste. Y avait pas de raison, sinon, qu'elle soit là.

Il sentit une boule de fureur lui remplir la gorge. Fumier ! Il s'approcha et regarda par-dessus le petit mur en pierres sèches à moitié déglingué.

Sa gonzesse était là avec son fils à se faire des mamours. Pas dégueulasse la frangine. Elle portait un short qui s'arrêtait au ras de la touffe. La pute ! Grigri sentit son ventre se tendre. Le téléphone sonna et elle laissa le gamin pour aller répondre. Elle devait être seule dans la carrée.

Il regarda vers la chèvrerie et vit que la plupart des bêtes étaient dehors. Il ne savait pas quoi faire. Il se redressa et examina attentivement les alentours. Personne. Il enjamba le mur et marcha vers le môme qui était couché sur une couverture. Il s'arrêta au-dessus du bébé qui le regarda, étonné, et lui sourit. Il tenait un de ses pieds à deux mains et gigotait avec.

— Qu'est-ce que vous faites là ?

Grigri se retourna. La greluche était revenue et le fixait d'un air menaçant. Il sourit.

— Il est mignon, vot' môme...

— Qu'est-ce que vous voulez ?

Grigri ne répondit pas et fixa ostensiblement son entre-jambe.

— Vous allez prendre froid...

— Foutez le camp !

Ils étaient seuls. Bon, ils étaient seuls, et alors ?

— Il est là, vot' mari ?

— Il arrive.

— Ah ? C'est lui qu'a appelé la journaliste ?

— Qu'est-ce que ça peut vous faire ?

Elle s'était penchée et avait ramassé son lardon qu'elle tenait serré contre elle. Grigri fut satisfait de voir qu'il lui avait foutu la trouille.

— Drôl'ment isolé, ici, hein ?

Elle lui tourna le dos sans répondre et se dirigea vers la maison.

— Ça serait dommage qu'il lui arrive que'q'chose à c't'enfant, cria-t-il.

Elle entra chez elle et claqua la porte.

Prévisible. Il renifla et regarda encore la chèvrerie. Faudrait qu'ils se débinent, ces cons. Qu'ils aillent se faire voir ailleurs.

Odile se tait. Bertrand a pâli. Il lève les yeux vers moi.

— Il n'a rien dit d'autre ?

Odile hausse les épaules.

— Moi, ça m'suffit. Il faut qu'on parte, Bertrand.

Elle a raison dans l'absolu. Elle parle comme une mère.

— Je sais bien, dit-il en levant les bras, je sais bien. Essayons de vendre. Mais même ça, ça demande du temps, tu le sais.

— Odile ne peut pas partir avec le petit ? suggéré-je.

— Elle n'a pas de famille et moi je suis fâché avec les miens, explique Bertrand.

— Pas d'amis ?

— Pas quand t'en as besoin, réplique-t-il.

— Merci, répliqué-je d'un ton fielleux.

— J'parle pas pour toi. Toi, tu as répondu.

Il se lève et regarde pensivement son fusil appuyé contre le mur près de la cheminée.

— Ce n'est peut-être pas la solution, dis-je.

— Sûrement pas, renchérit Odile.

Le bébé se met à pleurer et Odile le prend sur ses genoux.

— Si quelqu'un y touche... dit-elle.

— Dis pas de bêtises, dit son compagnon.

— Ils n'oseraient tout de même pas, dis-je.

Bertrand se retourne.

— Un jour, ce Grigri, il a blessé un bébé gazelle... un faon... interdit. Près de la rivière, un peu plus loin dans les gorges. J'étais là, c'était il y a... à peu près quatre ans. La pauvre bête gémissait et Grigri savait qu'il risquait gros si les gardes-chasse lui tombaient dessus. Alors il l'a tout simplement ouvert en deux pour pas qu'on l'identifie. Mais tu crois qu'il l'a achevé avant ? Non. Il prenait son plaisir, cette ordure.

— Arrête ! crié-je. Et pourquoi tu n'as rien fait ?

— Parce que j'étais en train de dégueuler et que je savais qu'il me flinguerait si j'intervenais !

Odile se lève.

— Je vais coucher Yann, dit-elle sèchement.

— Tu trouves que je suis lâche ? demande Bertrand quand on est seuls.

Je ne réponds pas et allume une cigarette.

— Oui, tu trouves que je suis lâche.

— Tu veux que je te dise ? J'en ai marre de ce coin. Et marre aussi de vous. J'étais tranquille moi avant que tu débarques comme un halluciné. Qu'est-ce qu'il a ce pays ? il rend dingue, ou quoi ?

— Je n'ai qu'eux, dit Bertrand. Je ne veux pas qu'on leur fasse du mal.

— Alors, pourquoi m'as-tu demandé de venir ?

Il rejette la tête en arrière et regarde le plafond.

— Parce que j'ai compris que si j'acceptais ça aussi, j'étais devenu un des leurs.

Je ne sais pas quoi faire. J'ai l'impression d'avoir débarqué dans un cauchemar. Je ne comprends pas. Je regarde ce paysage et derrière la lavande et le serpolet ça grouille de vermine. Tu crois respirer l'odeur des pins et entendre chanter les cigales et c'est un goût de sang et des cris de haine qui te remplissent la bouche et les oreilles. Bon sang, la planète, sans les humains, qu'est-ce que ce serait bien !

Demain je retourne à Reinolles.

Je fais le tour de la maison, c'est vite fait. De l'école, qui est à un jet de pierre comme on dit quand on est terrien, m'arrivent les cris des gosses dans la cour de récré. Ils ont eu vite fait de remplacer Lenterne. J'ai pourtant toujours cru qu'ils étaient à court d'effectifs à l'Éducation nationale.

Je repasse devant la maison voisine de celle de Lenterne et je vois le rideau se soulever et une femme m'observer. Je m'arrête et fais semblant de réfléchir.

Elle va en avoir pour son argent.

Je fais brusquement demi-tour et vais frapper à sa porte. Lors du demi-tour le rideau est brusquement retombé, mais si elle croit qu'elle va s'en tirer comme ça, la vieille chouette !

La porte s'ouvre et elle apparaît. Exactement ce que je pensais. Sèche, grise, chignonnée comme la femme de Popeye, avec sur son visage maigrichon tous les plis creusés du dépit et de l'envie.

— Bonjour, madame, dis-je, suave.

Elle ne bronche pas.

— Je suis journaliste et je voudrais quelques renseignements sur votre voisin, Bernard Lenterne, pourriez-vous me recevoir quelques instants ?

Elle doit être sourde parce qu'elle ne réagit pas. Je m'apprête à répéter, quand elle lâche :

— Je ne suis pas chargée d'établir sa bio.

Alors, là, qui c'est qui reste comme deux ronds de flan ?

— Heu... oui... mais des renseignements, c'est pas une biographie.

Elle m'observe et ses lèvres se pincent. Mais je ne marche plus. Le timbre de sa voix et ce qu'elle a dit sont désaccordés du physique.

— Entrez, dit-elle en s'effaçant.

Chez elle c'est propre et ça sent la cire. C'était prévu. Ce qui ne l'était pas, en revanche, c'est la toile posée sur un chevalet et qui semble inachevée.

— Vous peignez ? dis-je en me tournant vers elle.

— Non, je raconte.

Je regarde la toile. Un fond gris, sombre, et trois petites silhouettes qui courent dans le bas.

— Qu'est-ce qu'elle raconte, celle-là ?

— C'est la suite de celle-ci, répond-elle en en retournant une autre.

Noire. Entièrement. Pas un trait, pas une lueur. Du sous-Soulages.

— Et alors ?

— Alors rien. Je ne peins plus depuis deux semaines.

Elle a les mains croisées sur le ventre ; pas exactement croisées. Sa main droite tient la gauche par deux doigts.

— Alors, Lenterne ?

Sa tête bouge imperceptiblement vers les toiles, accompagnant son regard. Je retiens mon souffle.

— Ils étaient trois ?

Elle se détourne brusquement, va vers son buffet, ouvre une porte, reste en contemplation.

— Je n'ai pas l'habitude de recevoir.

— Et celle de donner ?

Elle se retourne.

— J'ai été secrétaire de mairie pendant trente ans. J'ai beaucoup vu et entendu. J'ai quelquefois été apitoyée, plus souvent dégoûtée. Les gens ne m'intéressent pas.

— D'après ce que j'ai compris votre voisin ne vous aurait pas dégoûtée. Au contraire.

— Bernard était un garçon charmant dit-elle, mais naïf. Épouvantablement naïf. Il ne pouvait finir que comme ça.

— Ce n'est pas le rôdeur qui l'a tué, n'est-ce pas ?

Elle penche la tête avec un sourire narquois.

— La haine et la bêtise peuvent prendre différentes formes... et la haine elle n'est pas dans la tête de ce Germain.

— Mais dans des têtes que l'on penserait mieux faites et qui pourtant n'ont qu'une façon de s'exprimer, n'est-ce pas ? Merci, madame, au revoir.

— Ils étaient trois, dis-je.

— Comment le sais-tu ? me demande Bertrand.

— J'ai rencontré la voisine de Bernard.

On est tous les trois dans la chèvrerie. Non, tous les quatre. Le petit Yann est assis dans sa chaise à l'écart et regarde les bêtes avec le sérieux d'un vieux sage. L'une d'elles, juchée, paraît tenir un discours à trois de ses congénères qui l'écoutent en mâchonnant de la paille.

— Pourquoi vous n'avez pas de chien ?

— On en avait un, il est mort l'an dernier. Martin. Il était formidable. Un philosophe. On a eu trop de peine pour en reprendre un, m'explique Odile.

Une chèvre s'est approchée de Yann qui lui passe la main sur la tête en gazouillant.

— Elle te l'a dit ? reprend Bertrand.

— Elle me l'a montré.

— Montré ? La voisine, Mlle Lambert ?

— Je ne sais pas son nom.

— C'est elle. Une originale, fréquente personne, dit Bertrand. Qu'est-ce que tu vas faire ?

— Je ne sais pas. Trois. Ça veut dire des gens qui se connaissent. Qui travaillent ensemble ? Des voisins ?

— Des complices... Un meurtre prémédité.

La voix de Bertrand se brise et Odile le prend contre elle.

— Il faut les retrouver, dit-elle âprement.

— Je vais voir Boutier, dis-je.

Il est là et me fait passer dans son bureau quand j'arrive. Il a l'air fatigué.

— Lieutenant... J'ai des raisons de croire que Lenterne a été abattu par trois hommes.

Il m'examine par en dessous. Ses yeux sont voilés.

— Comment le savez-vous ?

— Je l'ai appris.

— Appris ?

Il se lève et regarde par la fenêtre le platane plantureux de la cour.

— Des preuves ?

— Non.

Il se retourne.

— Alors, ça ne sert à rien.

— Trouvez-les, c'est votre boulot. Je vous indique où chercher.

— Trop tard. Je suis muté.

— Hein ?

— Marseille. Un quartier de Marseille. Je pars demain.

— C'est normal, cette mutation ?

— Je ne sais pas. Peut-être pas.

— Les gendarmes, c'est l'armée ?

— Oui.

— Comment peut-on influencer l'armée ?

— Par connaissance et piston.

— Donc, vous ne pouvez rien faire ?

— Non. Prévenez Bertrand et Odile, je n'aurai pas le temps de les voir. Soyez prudente, dit-il en me raccompagnant.

Je me retrouve sur la place. À la terrasse de *Chez l'Ami Jean*, Castor est assis avec le maire. Je vais vers eux.

— Bonjour, dis-je. Votre enquête avance ?

— Le Thellier a été inculpé, répond Castor dont la face plate et molle s'étire dans un sourire amphibien.

— Ce n'est pas lui.

Il se tourne vers le maire qui n'a pas pipé.

— Tu vois, on vient de loin pour m'apprendre mon métier...

— J'ai un témoin.

Il me regarde d'un air narquois mais ses yeux de veau mort-né ne sont pas bons.

— C'est vrai ? Va falloir qu'il soit plausible parce que Le Thellier a avoué.

Le maire a un bref ricanement.

— Vous savez très bien que ce n'est pas lui le coupable.

— Si vous racontez ça dans votre torchon, siffle-t-il entre ses dents, vous n'aurez pas l'occasion de profiter de votre retraite.

— Quoi ?

Il se lève et se tourne vers le maire.

— Je rentre à Pradoles, si t'as besoin de moi je serai à la mairie. Ils font un vin d'honneur pour les milices.

— Vous m'avez menacée ? suffoqué-je.

Mais déjà il s'éloigne vers sa voiture. Le maire se lève et passe devant moi sans un mot.

— Vous m'avez menacée ? dis-je en courant vers Castor qui monte dans sa Renault.

— Moi ? Faut arrêter le vin blanc... réplique-t-il en embrayant.

Je reste figée. Il m'a menacée. Un officier de police assermenté. En France. Je me retourne. L'« ami Jean » me regarde en rigolant.

— Cette journaliste est dangereuse, dit Castor.

— De quelle manière ? demanda le maire de Pradoles.

— Elle ne croit pas à la culpabilité de Le Thellier et je sais qu'elle va s'accrocher.

Le maire fit le tour de son bureau, et s'assit l'air pensif.

— Je ne veux pas de vagues.

— Je sais, monsieur le maire.

— Il va falloir retenir vos chiens.

Castor hocha la tête.

« Quand on veut noyer son chien, on l'accuse de la rage », pensa-t-il.

— Les aveux de Le Thellier et vos preuves sont-ils suffisants pour l'inculper ? s'inquiéta le maire.

Castor hocha encore la tête.

— S'il ne se rétracte pas. Les preuves ? Bof... Si son baveux est une cloche, ça ira.

— Ce meurtre était une erreur, dit le maire.

— Je n'y suis pour rien, se défendit vivement Castor.

Le maire haussa les épaules. Son visage de commis aux écritures se crispa davantage.

— Quand on est un chef responsable, on tient ses troupes.

Castor serra les poings dans les poches de sa gabardine. C'est lui qui allait casquer ! Minute.

— C'est pas des gens d'ici.

— C'est-à-dire ?

— Pas de Pradoles.

— Encore heureux !

Il vint vers le policier, leva les yeux sur lui.

— Faites ce qu'il faut, dit-il.

Castor fronça les sourcils.

50

— C'est-à-dire ?

— Rien ne doit arriver aux oreilles de Paris.

— C'est-à-dire ?

Le maire soupira. Qu'il était donc difficile de faire de la bonne politique avec de mauvais sujets. Tout s'annonçait trop bien. Le Mouvement culbutait les sièges, les militants se bousculaient pour s'inscrire, la France tremblait ou faisait semblant... et tout ça pouvait s'arrêter par la faute de culs-terreux qui confondaient chasse au chevreuil et chasse à l'homme.

Il se retourna et, parce qu'il manquait de prestance, bomba le torse et haussa le menton.

— Faites votre devoir de patriote, Castor.

— Vous savez qui c'est, mademoiselle !

Mlle Lambert pose ses mains sur ses genoux et ne répond pas.

— Mademoiselle, il vous aimait bien, Bernard, il me l'a souvent dit.

Elle regarde Bertrand qui s'est penché vers elle et lui parle avec feu. Je reste un peu à l'écart comme l'étrangère que je suis.

— Qu'est-ce que ça change ? L'amitié, l'amour... Des mots vides de substance dont les hommes aiment se gargariser autant qu'ils les galvaudent.

Cette voix, ces phrases, encore une fois me surprennent. Tellement en décalage avec son aspect de petite souris confite ; comme si ce travestissement qu'elle a endossé toute sa vie laissait passer fugacement sa véritable nature.

— On va condamner un innocent, intervins-je.

Elle tourne ses yeux pâles vers moi.

— Innocent ? On ne l'est jamais. Ce routard pas davantage que les autres.

— Ce n'est pas à nous d'en juger. Bernard Lenterne a été tué parce qu'il croyait à la justice.

Elle hausse les épaules. Qu'est-il arrivé à cette femme ? Quelle somme de souffrances a-t-il fallu pour la sécher au point de la racornir ?

— Si on vous demande de témoigner, vous refuserez ? Pourquoi ?

— Que de questions ! dit-elle. Et pourtant, avez-vous remarqué que les gens n'ont en général que les réponses ?

Je me lève brusquement.

— Viens, Bertrand.

Il hésite, je le pousse. Elle ne fait rien pour nous retenir.

On monte dans le 4 × 4. Je ne démarre pas.

— Si elle ne parle pas, c'est fichu. Le juge a cadenassé l'instruction. L'avocat nommé d'office de Le Thellier est un bleu. La Cour va le manger.

Il se tourne brusquement vers moi.

— Alors, tu laisses tomber !

— Toi aussi, t'as mis en vente !

— Moi, j'ai un gosse et une femme !

— Oh, le culot !

Il se fige, droit, bras croisés, l'œil fixé devant lui.

— Démarre.

C'est ce que j'ai fait.

Mlle Lambert ne les regarda pas partir. Elle se laissa seulement tomber dans son fauteuil et appuya la tête sur le dossier protégé par un napperon de dentelle. Elle ferma les yeux et laissa remonter ses souvenirs.

Ce n'était pas un exercice dans lequel elle se complaisait. Trop dur. Elle était malheureuse, pas masochiste.

Elle savait que la journaliste l'avait percée à jour. Elle sourit. Les femmes sont fines parce que moins préoccupées de leur ego, pensa-t-elle. Si elle avait eu une amie à ce moment-là... Mais elle n'avait personne, personne d'autre que sa famille. Ils y veillaient. C'est pour ça que quand elle avait rencontré Éric...

C'était tout bêtement dans le train. Elle montait sur Limoges rendre visite à sa tante. Elle avait vingt-sept ans, et à l'époque, dans ce coin de France où l'on recommandait de garder les poules quand on lâchait le coq, dans une famille comme la sienne où manquer une messe était impensable, vingt-sept ans, c'était déjà très tard.

D'ailleurs, avec son père toujours malade, hypocondriaque, avait-elle compris plus tard, sa mère ne l'aurait pas laissée partir.

Éric était beau. Elle l'avait immédiatement remarqué. Pourtant, Dieu sait qu'elle se méfiait des garçons. Il avait engagé la conversation avec tant de délicatesse, tant de prévenance, que sa tête s'était remplie de soleil.

Il riait, la taquinait gentiment et ce jeu amusait les autres voyageurs qui regardaient se nouer l'idylle d'un air attendri et complice.

En ce temps-là, le voyage était long et il fallait changer deux fois. Comme il faisait chaud, le jeune homme l'avait invitée à chaque correspondance, puisqu'ils avaient tout leur temps avait-il souligné, à l'accompagner au buffet de la gare. Elle avait bu des citronnades et lui... ? Elle n'arrivait pas à s'en souvenir. Ce qu'elle se rappelait, en revanche, c'était son rire, ses yeux qui charriaient des étoiles, ses élégantes mains d'artiste. C'est comme ça qu'elle les avait vues, avant même qu'il lui dise qu'il était musicien, habitait Marseille, et y jouait au Philharmonique.

Il lui avait demandé en la quittant la permission de la revoir. Elle n'avait dit ni oui ni non mais lui avait laissé son adresse.

Il avait gardé longtemps sa main dans la sienne, jusqu'à ce que gênée, elle la retire.

Elle était revenue de Limoges la tête pleine de paillettes et avait guetté le facteur. Une seule semaine avant que n'arrive la première lettre dans son enveloppe grise qu'elle attendrait désormais de toute son âme.

Et bien sûr, à la troisième enveloppe, sa mère l'avait fait venir dans son boudoir et l'avait sévèrement interrogée.

« Nous nous aimons ! » avait-elle fini par avouer dans un élan de naïveté.

« Comment ! Qui ? »

« Il est musicien. Il est beau et je l'aime ! »

La sotte ! Comment n'avait-elle pas compris que ces vertus étaient des fautes pour sa mère. Celle-ci avait intercepté une lettre, relevé l'adresse inscrite derrière, et sommé cet Éric, ce va-nu-pieds, de ne plus jamais tenter de voir sa fille.

Mais il était déjà trop tard, car devant tant d'injustice elle s'était enfuie et avait rejoint son Éric dans sa chambre d'artiste, dans une rue perpendiculaire au Vieux-Port.

Trois mois de bonheur fou. D'éclats de rire, d'échappées à deux sous le soleil de l'Estaque. Et puis une lettre de sa mère lui annonçant la mort, causée par le chagrin, de son père.

Elle était revenue pour l'enterrement, cachant son ventre.

Sa mère ne l'avait pas embrassée, pas regardée, et elle n'avait rien osé lui dire.

Elle avait refusé de rester quand, après les obsèques, sa mère l'en avait sommée ; s'était envolée les ailes aux pieds et le cœur égoïste pour la rue des Genêts où son Éric l'attendait. Mais il n'était plus là.

Parti brusquement, avait dit la logeuse. Un couple d'étrangers était venu dans une belle voiture et l'homme riche s'était présenté comme directeur de théâtre. Et la femme était belle et gaie, et le jeune homme riait fort avec elle sous l'œil narquois du mari.

Mlle Lambert se leva et passa dans sa cuisine. Elle avait des choses à faire, ranger, mettre de l'ordre dans cette maison où elle s'était toujours sentie intruse.

Elle lava les verres des visiteurs, hésita à les laisser sur la paillasse, et s'y résolut. Elle fit des yeux le tour de la pièce, revint dans le séjour, gagna sa chambre sans un regard sur les toiles peintes, pour quelques-unes inachevées, qui l'avaient pourtant aidée à vivre.

Dans l'armoire, elle souleva un bout de planche sous la pile des draps et en tira un paquet de lettres. Une vie. Sa vie dans ces feuillets à présent dépourvus d'intérêt, comme appartenant à une autre.

Cinq lettres serrées par un ruban. Dérision. Et celle-là, la pire. Sur papier officiel avec des formules administratives sèches comme la glace : *Je soussignée Françoise Lambert, majeure et saine d'esprit, déclare l'abandon au ventre de mon enfant le...*

Sa vue se brouilla et, pour la première fois depuis des lustres, des sanglots remontèrent qui l'étouffèrent.

Dans cette même armoire de Pandore, elle prit une solide corde rangée là depuis toujours.

Elle regarda encore une fois ce décor sans charme où elle s'était consumée trop longtemps et sortit dans sa cour. Un seul arbre, un chêne, y avait vécu et prospéré. C'était pourtant là qu'elle se sentait le mieux, entourée de murs qui la protégeaient des regards des voisins.

Mlle Lambert déroula sa corde et la lança autour de la branche qui, si souvent l'avait abritée du soleil trop chaud de cette région qu'elle détestait.

Elle se hissa près de la corde et la noua solidement au tronc. Ces gestes, qu'elle avait répétés mille fois et plus dans sa tête, lui parurent familiers.

Elle élargit la boucle qui terminait l'extrémité libre. Descendit, s'empara du tabouret en bois sur lequel elle aimait étendre ses jambes, grimpa, saisit le nœud coulant, passa la tête et serra. Un peu trop, pensa-t-elle en sentant sa trachée se contracter. Avant-goût, se dit-elle encore.

Elle se refusa le dernier regard sur une vie qui l'avait si vite lassée et repoussa le tabouret d'un coup de pied.

Castor regarda son interlocuteur avec une mimique de dégoût. Il n'avait même pas jugé bon de changer sa combinaison pleine de cambouis.

— Ils s'en sont vantés devant moi.

— Pourquoi ils l'auraient tué ?

Le garagiste hocha la tête.

— Ils étaient très copains avec Lesdiguières.

— Ça suffit pas.

— Moisson détestait l'instituteur parce qu'il racontait en classe que les bamboulas... enfin je veux dire... les Noirs, étaient des gens comme les autres et aussi que si on était capable de tuer des bêtes pour son plaisir c'était pas normal... enfin, voyez, des trucs comme ça.

— C'est pas un motif suffisant.

Le garagiste regarda le policier.

— Le... le poissonnier... enfin... Pierre... il l'a frappé avec son couteau... de poissonnier. Il l'a toujours, le couteau.

Castor retint son souffle. Putain. L'arme du crime. C'est ce qui manquait cruellement au dossier.

— Où vous étiez, vous ?

— Moi ? Chez moi.

Castor était un trop vieux routier pour ne pas savoir que le type mentait. Il crevait de trouille. Il n'était pas chez lui ce soir-là.

— Alors, vous n'avez rien fait ?

— Moi ?

Le garagiste prit un air indigné.

— Vous savez qu'on va vous confronter avec vos copains...

— Mais pourquoi ? Moi j'fais rien qu'mon devoir de citoyen !

— Vous y avez mis le temps.

Le garagiste baissa la tête.

— Ben, c'est des copains, marmonna-t-il.

— Ouais. (Castor se leva et vint vers lui.) Vous êtes tous les trois au GCIF, hein ? Ainsi qu'à la Ligue des chasseurs, exact ?

Le garagiste acquiesça.

Castor soupira et pinça les lèvres en réfléchissant. Pour une putain de tuile, c'était une putain de tuile ! Que dirait le maire qui était cul et chemise avec le GCIF, et dont les supporters se recrutaient principalement parmi les adorateurs de saint Hubert ?

— Bon, dit-il en congédiant le garagiste du geste. Pour l'instant vous la fermez. Si vous l'ouvrez avant que je le dise...

— J'ferai c'qu' vous voulez, monsieur le commissaire.

— Lieutenant, rectifia Castor.

— Oui, monsieur le lieutenant.

— Allez, salut.

Castor regarda le type fermer la porte derrière lui avec précaution. Il se sentit glacé.

Nom de Dieu ! Il regarda son téléphone un long moment avant de décrocher.

— Allô... Je voudrais parler à monsieur le maire... Castor. Merci.

Il attendit un bout de temps, puis entendit la voix du maire.

— Castor ? Qu'est-ce qui se passe ?

— Un emmer... un ennui, monsieur, rectifia Castor qui savait le maire à cheval sur le vocabulaire.

— De quel ordre ?

— Vous êtes seul ?

— Oui.

— Il y a un type qui sort de mon bureau et qui m'a fait des révélations sur l'affaire que vous savez. Il s'appelle Grégoire Guillaume. Il m'a donné des noms. (Il attendit que le maire réagisse, puis, comme rien ne venait :) Des copains à lui, de chez Prugel. (Aucune réaction. Il continua :) Ils sont aussi membres de la Ligue des chasseurs... Je peux vous voir ?

— Pour quoi faire ? On en a déjà parlé.

Castor sentit son souffle s'arrêter.

— Monsieur le maire...

— Castor, je sors d'une entrevue avec le préfet de région, un ami, comme vous savez, plus, un obligé. De grands remaniements sont en cours dans votre hiérarchie. Des mutations avec promotion... des rétrogradations, enfin... la routine. Il vous a en grande estime d'autant que je lui ai dit combien vous aviez été précieux pour nous dans l'organisation de notre police municipale. Prenant sans compter sur votre temps, mettant votre expérience à contribution.

« Nous dînons la semaine prochaine avec le directeur de police de la région... voilà. Je vais vous laisser parce que ma femme m'attend pour déposer une gerbe au monument aux morts de la guerre d'Algérie. Passez me voir quand vous aurez du nouveau, Castor.

Castor regarda le combiné devenu muet. Sur la place de l'Hôtel de Ville, des gosses se battaient avec des épées en bois en poussant des cris stridents. Il se leva et alla à la fenêtre. La ville était calme. Tranquille. On s'y promenait sans crainte. L'équipe municipale y veillait.

Le maire de Pradoles avala d'un trait un verre de cognac et fit la grimace. Il n'aimait pas boire mais parfois c'était utile.

Bon sang, qu'est-ce que c'était que cette embrouille ! Il entendit sa femme l'appeler de la chambre conjugale voisine.

— Oui, je viens, je finis quelque chose, répondit-il.

— Tu travailles trop, tu vas tomber malade renvoya-t-elle.

Quelle gourde ! Enfin, heureusement qu'elle était là. Elle avait le don de dire des conneries qui revenaient en boomerang et ça lui laissait le temps de travailler. Mais dans le cas présent elle ne serait d'aucune utilité.

Il se repassa dans la tête la conversation avec Castor à laquelle il n'avait cessé de penser, manquant même de déposer la gerbe à l'envers.

Si le type de Prugel parlait et dénonçait ses copains du GCIF, ça allait encore faire une histoire nationale. Et lui, cramponné par une main à sa bonne ville, risquait de se retrouver à la trappe. Le président du Mouvement aurait beau jeu alors de se débarrasser de ce dauphin encombrant.

Le maire se leva dans un mouvement excédé et fit les cent pas dans son bureau. Castor ? Castor allait se dégonfler. Sûr à cent pour cent. Pourtant si Guillaume parlait, la hiérarchie ne pourrait faire autrement que de fourrer son nez dans l'enquête plus que bâclée du policier, et Castor se retrouverait gardien de la paix à Mouzon dans les Ardennes ; et dans la foulée, le GCIF serait dissous. Oui mais avant, les RG feraient une enquête relayée par les services fiscaux et... Bon Dieu, quelle merde !

Le maire porta vivement la main à son épigastre. Foutu ulcère ! Il décortiqua une tablette calmante qu'il croqua.

— Alors, tu viens ? Tu sais que demain on a une réunion très tôt ?

— Oui, oui, je viens !

Est-ce qu'elle allait lui foutre la paix, cette conne !

Il s'obligea à respirer calmement. Il était trop près du but pour se laisser désarçonner par cette histoire de brigands.

Depuis qu'ils avaient conquis la région en sous-main, après la mairie, il savait que les instances dirigeantes du Mouvement pensaient à lui pour remplacer le vieux à leur tête.

« Mais pas de vagues, avait dit un des principaux financiers, une des plus grosses fortunes de France qui avait misé sur eux autant par conviction que par intérêt. Votre style est davantage adapté à la mentalité du moment, ne nous décevez pas, Jeannot, nous comptons sur vous. »

Oui, il l'appelait ainsi, pour marquer leur familiarité vis-à-vis des autres. C'était pas vieux, ça datait des dernières élections ! Pas possible qu'en si peu de temps...

Il alla vers sa bibliothèque pour relire un de ses ouvrages favoris, les Mémoires de Talleyrand. De toute façon il ne trouverait pas le sommeil cette nuit. Et à côté, elle s'était enfin endormie.

Grigri rejeta la couverture et se leva sans bruit. Paulette continuait de ronfler, bouche ouverte. À un autre moment il y aurait fourré le doigt pour l'emmerder.

Depuis qu'il s'était couché il n'avait pas fermé l'œil, secoué d'appréhension.

Ce salopard de flic voulait le confronter avec les deux autres. Il n'avait pas pensé à ça. Quel con il avait été ! Il aurait dû refaire le coup de la lettre anonyme. Mais qu'est-ce qui lui avait pris d'aller trouver le flicard ! Ou alors, l'autre avait dit ça comme ça... pour lui faire peur. Parce qu'il aurait dû être content d'avoir des coupables tout cuits ! C'était pas avec l'autre débile qu'il pouvait aller au bout. Tout le monde dans le coin savait que c'était du pipeau. Le Germain était incapable d'enlever un cil à une mouche.

Grigri passa dans la cuisine et déboucha une bouteille de vin. Il alla prendre son gobelet sur la paillasse et le remplit à ras bord. Réfléchir. Le couteau. Ça avait paru drôlement l'intéresser, le couteau, Castor.

Il lui avait pourtant dit à Fernandez de s'en débarrasser mais l'autre avait répliqué qu'il le conserverait toujours en souvenir. Qu'il voulait le garder tel quel. Tant pis pour lui. Grigri ne savait pas ce qu'il en avait fait. Sûrement chez lui. Il l'avait quand même pas collé avec les autres ustensiles de son travail. Quoiqu'il en était bien capable.

Il était si nerveux qu'il sentait du courant le parcourir partout.

Il devait trouver une idée, une seule, une bonne, mais il avait l'impression que son pauvre cerveau était comme une guêpe qui s'épuise contre les parois d'une bouteille !

Et la voisine de ce péteux d'instit, est-ce qu'elle la fermerait ? Encore une drôle celle-là ! Jamais à parler à personne ! Qu'est-ce qu'elle se croyait ? Une seule fois il avait entendu sa voix quand il avait été demander un permis de construire à la mairie. Ben maintenant elle avait intérêt à la fermer parce que lui, il se chargerait de la faire taire !

Il se resservit un verre et l'avala d'un trait comme le précédent. Il se sentit un peu mieux. Son ventre gargouilla. À côté, Pauline avait changé de rythme mais pas de timbre.

De penser à sa femme le fit repenser à Castor. Et si cet empaffé interrogeait la bourgeoise pour savoir s'il était vraiment là ce fameux soir, qu'est-ce qu'elle dirait ? Faudrait au moins qu'il la prévienne. Mais comment ? Elle ferait tout de suite le rapprochement. Il jura et se resservit un verre. Il examina le niveau de la bouteille. Encore un demi-gobelet et elle serait léchée ! Y en avait d'autres derrière !

Il respirait mieux. Le jour n'allait pas tarder à se lever : il verrait les choses différemment. Fallait qu'il dégotte le couteau.

J'ai entendu Bertrand et Odile parler longtemps hier soir. Ils se font de la bile. Il y a de quoi. Non seulement leur ami a été massacré mais en plus c'est un innocent qui va payer. Si seulement cette bonne femme parlait !

J'ai téléphoné dans la soirée à mon directeur pour lui demander ce que je devais faire. « Vas-y autant que tu peux, tu es dans une région hyper sensible. Tout ce que tu dénicheras dans ce coin passionnera les lecteurs.

— Moi, je voudrais surtout trouver le coupable.

— Bien sûr, bien sûr, s'était-il repris, je te comprends, ma grande, mais il suffit de sortir un truc sur le Mouvement national pour vendre de la copie. Alors, te prive pas. »

Oui. Il y a aussi ce paramètre que j'ai parfois tendance à oublier. Augmenter les ventes. Sortir une affaire impliquant le Mouvement national égale doubler le tirage.

Pauvre Lenterne, il n'était vraiment pas de son temps. Elle a raison, la voisine. C'était un grand naïf qui de toute façon aurait mal fini.

Je regarde par la fenêtre la lune qui en fait tout un plat cette nuit. Si proche et si énorme que je distingue ses cratères. Enfin, peut-être. Ce doit être elle qui m'empêche de dormir. La pleine lune. Le temps des assassins.

Le maire de Pradoles considéra d'un œil dubitatif la brochette d'abrutis debout devant lui et jeta un œil sur le dossier que lui avait préparé son secrétaire.

Francis Laval, dix-neuf ans, chômeur.

Louis Papoin, vingt ans, employé de mairie.

Michel Bousquet, vingt ans, vigile.

Point commun : bêtise et discipline, pensa le maire. Parfait.

— Messieurs (les trois brutes se rengorgèrent), vos noms m'ont été fournis par votre entraîneur de sport qui m'a encouragé à vous demander un service au nom de notre Mouvement. (Ils se cambrèrent de fierté.) Vous êtes mieux placés que quiconque pour savoir que grâce à des hommes comme vous, dévoués, efficaces, nos idées progressent dans le pays au point que nous pouvons espérer à l'horizon de l'an 2000 une représentation plus que significative. (Le maire se demanda un instant si son vocabulaire, pourtant simple, était compris de ses interlocuteurs.)

« Ce que je veux dire, reprit-il en allant vers eux et en les fixant tour à tour, c'est que dans cette ascension rien ne doit nous détourner de notre victoire. (Ils hochèrent le crâne de concert.) Voilà de quoi il s'agit. Un homme est en train de mettre en péril par des racontars la confiance que nous accordent Paris et notre président. Ce que je vous demande (il prit à dessein le ton du conspirateur), c'est de l'en empêcher. Convainquez-le de se taire ou sinon... (Ils ricanèrent d'un air entendu.) Êtes-vous prêts à rendre ce service à notre Mouvement ?

Ils grattèrent leurs rangers sur le parquet ciré du bureau du maire, et l'un d'eux, l'employé de mairie, dit :

— Vous savez bien, monsieur le maire, que mes camarades et moi on est à votre disposition.

Le maire leur sourit avec l'air condescendant qu'avait
Napoléon lorsqu'il tirait l'oreille de ses grognards, et donna les
coordonnées de Grigri.

Grigri tirait les doubles portes de l'atelier à sept heures. Parfois plus tard s'il avait du travail urgent, mais le boulot actuellement se faisait désirer. La crise durait, et c'était pas ce gouvernement de lopes qui allait la résoudre.

D'habitude, il serait allé boire un verre avec ses copains pour se conforter dans ses idées. Ils avaient les mêmes parce qu'ils étaient embarqués dans la même galère. Mais en ce moment Grigri avait des soucis qui lui mangeaient la viande.

Il jeta un coup d'œil vers le pavillon où derrière la vitre de la cuisine, à cette heure, officiait Paulette. Nib de Paulette. Donc il avait le temps de passer à la Ligue et de quand même boire un coup.

Il hésita. À pied ou en voiture ? Comme il faisait bon, il choisit de s'y rendre à pied en passant par le bois de Clermont. Il prit le sentier qui y menait.

Derrière lui, une Golf GTI, pas neuve, démarra doucement. Grigri n'y prêta pas attention parce que à ce moment son seul souci était de se dédouaner de ses copains.

Grigri pensait qu'il avait sur les autres l'avantage de sentir les choses à l'avance. Une sorte de don. Sa mère était comme ça.

Il s'enfonça sous les arbres. Le soleil, mutin, jouait entre les branches d'arbres. Les oiseaux, amoureux, se poursuivaient en chantant ; les insectes, z'affairés, bourdonnaient. Grigri eut envie de pisser et se débraguetta devant un bouleau argenté.

Et resta l'instrument en main parce que, devant lui et l'entourant, venaient d'apparaître trois hommes. Jeunes, pâles et l'air mauvais.

— C'que vous voulez ? s'inquiéta Grigri.

Le plus rapproché releva les manches de son blouson de jean, exhibant un tatouage noir et bleu.

— C'est toi, Grigri, hein ?

Grigri resta muet et eut juste le réflexe de rentrer l'organe dans le pantalon.

— Paraît qu'tu causes sans savoir, reprit le garçon.

— Mais t'es qui, toi ? s'insurgea Grigri qui se souvint qu'il était costaud.

— Et quand tu causes, tu dis des conneries, renchérit celui qui se tenait sur sa droite.

— Et qu'ça peut faire du tort, acheva le troisième.

— Non, mais des fois, vous vous touchez ! s'exclama Grigri qui fit hardiment un pas en direction du premier.

Il n'alla pas plus loin car, d'un commun mouvement, les trois lui tombèrent dessus.

Il valdingua contre le bouleau argenté en même temps qu'un pied lourd et agressif lui arrivait dans l'estomac et le faisait souffler comme une chambre à air percée. Et alors qu'il tombait sur les genoux et les aiguilles de pin, un autre pied lui arriva dans la mâchoire, lui rejetant la tête contre le tronc.

Grigri comprit dans un nuage de douleur et de peur qu'il était mal parti. Il voulut se relever mais un objet très lourd qu'il ne put identifier lui dégringola sur la nuque, le privant à la fois de ses sens et de la vie.

Allongé, il reçut encore quelques coups de pied dans les côtes, mais c'était pour rien.

Les trois jeunes gens le considérèrent avec dédain, redressèrent les épaules et regagnèrent en chaloupant leur voiture garée en lisière du bois de Clermont.

C'est le carnaval sur la place aux platanes de Castelvas. La gendarmerie rassemble autant de monde que le super-marché du coin le samedi. Bertrand et moi on s'approche en fendant la foule. Boutier nous a demandé de venir.

Un gendarme reconnaît Bertrand et nous laisse arriver jusqu'au bureau de Boutier. Il n'est pas seul. Avec lui, le maire et Castor, plus un type que je ne connais pas et qui paraît très énervé.

Quand on débarque, tous se tournent vers nous.

— Encore vous, lâche Castor avec son habituelle urba-nité.

Le maire fronce les sourcils et l'autre type, qui ressemble à un rugbyman endimanché qui aurait forcé sur le cassou-let, hausse des sourcils interrogatifs.

— C'est moi qui leur ai demandé de venir. Autant avoir la presse avec nous, sourit Boutier.

Alain Rasca serre les mâchoires.

— Ah ? C'est la journaliste, dit le rugbyman avachi.

— Que se passe-t-il ? demandé-je.

— Grégoire Guillaume a été retrouvé assassiné dans le bois de Clermont, dit Boutier qui a l'air de vouloir se payer du bon temps avant son exil.

— Guillaume ? s'exclame Bertrand. (Et comme je me tourne vers lui pour une explication :) C'est celui qui a rendu visite à Odile.

— Justement, dit Castor, paraît que vous n'étiez pas très copain avec lui.

— C'est le moins qu'on puisse dire, inspecteur, mais je ne l'ai pas tué, si c'est ce que sous-entend votre remarque.

— Vous étiez où, hier soir, entre sept heures et demie et neuf heures ?

Bertrand pâlit.

— Vous plaisantez ?

— Vous étiez où ?

— J'étais... Je revenais de Pradoles où je suis allé acheter de l'alimentation pour mes chèvres. Je suis arrivé chez moi à huit heures et quelques...

— Vous aviez quelqu'un avec vous ? demande Castor.

La question laisse Bertrand sans voix.

— Alors ?

Je regarde Boutier qui regarde Castor d'un air effaré.

— Non, j'étais seul, lâche enfin Bertrand.

— C'est embêtant, dit Castor en se rapprochant.

— Non, mais, lieutenant, vous plaisantez, là, ou vous êtes sérieux ? intervins-je. Vous réitérez le coup du routard avec le meurtre de Lenterne ? Parce que si c'est ça, moi je peux vous dire que je ne vais pas faire dans la dentelle et que demain matin vous aurez tous les confrères de France et de Navarre sur le dos !

— Une Golf a été vue en bordure du bois de Clermont par un témoin aux alentours de sept heures et demie, dit Castor sans se démonter. Vous êtes parti à quelle heure de chez votre fournisseur ?

— Un peu plus de sept heures. Je le sais parce qu'il était déjà fermé et que je n'ai pas eu ma commande.

— Quel hasard malheureux ! sourit Castor.

— Merde ! vous êtes trop con ! s'enflamme Bertrand.

— Et ben on va déjà vous garder pour insulte à fonctionnaire de la police dans l'exercice de ses fonctions, réplique Castor, béat, en faisant signe à Perdreaux, l'adjoint de Boutier.

— Vous n'allez pas faire ça, dis-je.

— Mais si. Et vous, vous pouvez bien rameuter qui vous voulez.

Rasca et l'autre ne se retiennent pas de sourire.

— Vous êtes qui ? demandé-je au rugbyman soufflé pendant que Perdreaux veut prendre Bertrand par le bras.

— Ernest Prugel, pour vous servir, président du Syndicat des commerçants indépendants français, trésorier honoraire de la Ligue des chasseurs. Vous voulez une interview, mademoiselle ?

Je me tourne vers Castor.

— Vous faites une grossière erreur...

— Mais vous savez bien que je suis un homme grossier...

— Ils ne peuvent pas te garder, dis-je à Bertrand.

— Oh, mais ça dépend du juge, dit Castor. Pour l'instant on va examiner la Golf de M. Dumont. Et puis son emploi du temps d'hier soir. Ça va prendre quarante-huit heures. Ensuite, si nous avons des éléments, mise en examen.

J'ai l'impression, à voir la tête de Prugel et du maire, que Castor fait cavalier seul.

— Ne te tracasse pas, dis-je à mon ami, j'aiderai Odile. De toute façon, je vais te sortir de là.

— Fais vite, dit-il avant d'être amené par un Perdreaux, penaud.

— Ça y est, votre enquête est bouclée ? grincé-je à Castor.

— Non, non, rassurez-vous. Mais je peux bien me faire plaisir de temps en temps, réplique-t-il en tournant les talons et en rejoignant ses hommes.

Rasca et Prugel lui emboîtent le pas.

— Quelle ordure ! souffle Boutier qui a l'air de vouloir jeter son uniforme aux orties.

— Vous partez quand ?

— Aujourd'hui. Mon remplaçant est déjà là. Envoyé par le centre de gendarmerie d'Orange. Un ami de Rasca.

— Bravo, ça s'arrange, soupiré-je. Je lui tends la main. Bonne chance, lieutenant, faites attention à vous. Cette histoire n'est pas finie.

— Je vous fais la même recommandation, répond-il.

Je me dirige vers ma voiture pendant que Bertrand est amené dans la camionnette Renault des gendarmes. Il me fait un signe de la main avant de monter.

Il faut que j'en sache davantage sur ce Guillaume, et comme j'aperçois le syndicaliste et le maire qui s'éloignent, je cours vers eux.

— Pardon, monsieur, appelé-je.

Ils se retournent. Rasca, la figure de travers, Prugel, avec un large sourire.

— Oui ? me dit-il.

— Monsieur Prugel, est-ce que Guillaume faisait partie du GCIF ?

— Affirmatif.

Je hausse un sourcil. Qu'est-ce que c'est que ce vocabulaire ?

— Vous m'accorderiez quelques instants pour me parler de lui ?

— Davantage. Et je vous offrirai même une consommation avec...

Je déteste à la seconde le bonhomme.

— Je n'en demande pas tant.

— Vous avez tort...

Rasca s'éloigne après lui avoir tapoté le bras.

— On s'assoit ? propose-t-il.

Facile. On est devant *Chez l'Ami Jean.*

On s'installe. Il me regarde avec le sourire du type qui se croit irrésistible. Pourquoi faut-il toujours que ce soit les plus tartes qui le pensent ?

— Jean, deux Ricard ! hèle-t-il.

— Je ne bois pas de Ricard.

— Bon, alors quoi ?

— Un café.

— Jean, un Ricard, un café.

Il croise ses bras sur le guéridon et me regarde avec une mimique concupiscente. J'hésite entre la beigne ou mon boulot. Je choisis mon boulot.

— Connaissiez-vous bien Grégoire Guillaume ? attaqué-je sans mollir alors que le cafetier apporte sa bibine.

— Affirmatif. Un brave type. Un commerçant honnête, un bon artisan.

— Chasseur ?

— Oui, pourquoi ?

— Pour rien, pour savoir.

— Un peu qu'il était chasseur. On a fait de ces parties tous ensemble ! Il engendrait pas la mélancolie, le pauvre Grigri ! Hein, Jean, crie-t-il au bistrotier qui fait mine d'essuyer une table un peu plus loin.

— Je veux ! répond Jean, qu'on en a fait des parties. J'peux t'dire qu'j'me f'rais bien le fumier qui l'a buté !

Ce disant, il me balance un regard lourd.

— Vous avez une idée du motif de son meurtre ?

— Non ! Grigri, tout le monde l'aimait ! Il était de tous les bons coups !

— D'après ce que j'ai compris, il n'avait pas trop apprécié le verdict du procès de Lesdiguières.

— Et alors ? Il était pas le seul ! Moi, comme vous me voyez, j'ai pleuré quand j'ai su que Jules avait pris douze ans ! Vous entendez ? J'ai pleuré !

— Pas sur la mort de Victor Dreyfus ?

— Quoi ?

Il avale son Ricard d'une lampée et repose brutalement son verre. Il se penche vers moi.

— Je sais bien ce que vous pensez à Paris... Pour vous on est des réacs, hein ? Des racistes... Et ben peut-être bien, ma p'tite dame, qu'on l'est un peu... Et alors, vous l'êtes pas vous, des fois ?

— Jamais au point de tuer, répliqué-je, dents serrées.

— Oh, c'est pas parce qu'il était juif, qu'il l'a tué ! C'est parce qu'il allait trop fort, c'est tout ! Moi je les connaissais, les deux commerçants qui se sont suicidés après le contrôle. Drôlement que je les connaissais ! De bons amis, des braves gens !

— Qui fraudaient le fisc.

Là, je sens qu'il hésite franchement entre me coller un marron ou garder son calme. Par chance, il opte pour la seconde option. Notre conversation finalement aura été urbaine.

— Bon, je crois qu'on n'a plus rien à se dire, soupire-t-il en se levant pesamment. Écrivez pas de conneries sur Grégoire, parce que là, c'est à moi que vous aurez affaire, grimace-t-il.

— Qui l'a tué, monsieur Prugel ?

Il me fixe sans aménité et tourne les talons.

C'est moi qui ai payé les consommations.

Fernandez regarda sans le voir son ami Moisson verser la goutte dans le petit verre.

— C'est tout ce qu'il t'a dit ?

Moisson haussa les épaules.

— Ben, c'était clair. Ses nerfs lâchaient, à Grigri, répondit-il en lapant son propre verre et en s'en resservant aussitôt un autre.

— Tu crois qu'il aurait pu... commença le poissonnier.

Moisson haussa encore les épaules.

— ... Bien possible...

Fernandez soupira. Putain, à qui tu peux faire confiance ! pensa-t-il.

— Mais y s'condamnait en même temps, objecta-t-il.

— Ouais... il avait peut-être une coupure...

— Une coupure ?

— Va savoir !

On frappa à la porte vitrée cathédrale de l'atelier, et Robert, après avoir jeté un coup d'œil étonné à son ami, alla ouvrir.

— Qui c'est ?

— Moi, Ernest.

— Ah, Ernest, dit Moisson en ouvrant la porte à leur ami. Entre donc, camarade. Tu arrives au moment de la goutte...

Prugel lui serra la main sans répondre.

— Salut, grand ! dit le poissonnier.

— T'en fais une tête, remarqua Robert Moisson alors que Ernest Prugel s'asseyait près de l'établi où s'était déjà installé le poissonnier.

Prugel repoussa machinalement le tas de sciure posé

74

devant lui et refusa d'un signe de tête le verre que lui proposait Moisson. Il les regarda longuement tour à tour.

— Qui a séché Grigri ? demanda-t-il, abrupt. Qu'est-ce qui se passe ici ? On fait des trucs derrière mon dos ?

Le poissonnier balança un regard au menuisier.

— On sait pas qui a fait ça. Y a un vent de folie ici, en ce moment.

— Grigri, il était pour que'q'chose dans le meurtre de l'instit ?

— S'qu'on sait, nous ! protesta Moisson.

— Arrêtez ! Vous étiez cul et chemise !

— Et alors ? Tu vois Grigri descendre un mec !

Prugel se pencha brusquement vers Fernandez.

— Paraît que Grigri savait qui avait buté Lenterne.

— Ah, bon ? s'étonna le menuisier. Tu viens de dire que c'est Grigri qui l'aurait fait.

— Je sais pas qui a fait quoi ! explosa soudain Prugel. Tout ce que je sais c'est qu'avec cette histoire à la con, le GCIF risque de sauter !

— Pourquoi ?

— Parce que si c'est des mecs du syndicat qui sont mouillés, tu crois que ça va passer comme ça ?

— J'croyais qu'ils avaient le coupable, dit Fernandez.

— Des queues, ils ont ! Que dalle ! J'ai parlé à Rasca. Castor a appris que le juge abandonne les charges contre Germain. Ça tiendrait pas trois minutes aux Assiettes !

Moisson regarda Fernandez et se resservit un autre verre ainsi qu'au poissonnier.

— T'en veux vraiment pas ? proposa-t-il à Prugel, et devant son refus : Ben, c'est peut-être Grigri qui a tué l'instituteur. C'est vrai, quand j'y repense, il lui en voulait drôlement.

Il lança un coup d'œil vers le poissonnier.

— Ouais, drôl'ment, confirma celui-ci.

— Alors, qui a tué Grigri ? demanda Prugel. Le fantôme de Lenterne ?

— Il a pas arrêté l'enculeur de chèvres, Castor ? demanda le poissonnier.

— Il a rien contre lui. Vous savez ce que je crois, dit Prugel qui s'était levé et rapproché de la porte... ce que je crois... c'est que c'est vous trois qui avez dessoudé l'instituteur.

Meindaud le fixa d'un air ahuri et pouffa.

— Tu chauffes de la touffe !

— Moi, je m'en tape, reprit le chef du syndicat, ce Lenterne c'était un moins que rien ! Onze plaintes en deux ans contre la Ligue ! Y peut bien pourrir là où il est ! Ce dont je me tape pas, par contre, c'est du GCIF qui est toute ma vie ! Et ce syndicat je le laisserai pas éclater à cause de vous !

Fernandez se leva.

— On t'comprend pas, là, Prugel... pourquoi tu nous mets dans le coup ?

— C'est Grigri qui vous y a mis dans le coup ! Il a tout déballé au flicard !

Le poissonnier savait moins bien que le menuisier dissimuler ses sentiments. Il ouvrit des yeux affolés et fixa son copain.

— Hein ?... qu'est-ce que cette blague ? ricana piteusement Moisson.

Prugel comprit d'un coup qu'il avait vu juste. Nom de Dieu ! pensa-t-il. La mort de l'autre taré n'avait servi à rien. Y avait encore ces deux loquedus ! Mais eux, rien à craindre. Ils la boucleraient.

Malgré mes efforts, Bertrand passe la journée en cellule à la caserne de Boutier qui, du coup, a pu bavarder avec lui.

Quand je vais le récupérer vers six heures, Boutier est déjà parti rejoindre sa nouvelle affectation.

On grimpe dans ma voiture et on rentre à la ferme. Je trouve Bertrand très affecté par ces quelques heures de détention.

On débarque dans la cour et Odile le serre longuement contre elle. Je pense que c'est le moment de remettre les choses à leur place.

— Arrêtez, souris-je, il ne revient pas de l'île du Diable...

Ils ne répondent pas et rentrent dans la maison. Bertrand se tourne vers moi.

— Boutier pense que Grigri a pu être descendu par des gars de Pradoles, lâche-t-il.

— Ah ? Et pourquoi ? Ils mangent dans la même gamelle.

— Boutier croit que le garagiste est allé voir Castor pour dénoncer les assassins de Bernard.

— Et alors ?

— Ça n'arrange personne de connaître ces assassins.

— Ça, c'est bien possible. Mais pourquoi des gars de Pradoles ? Je ne vois pas le rapport.

Bertrand hausse les épaules.

— Le GCIF, la mairie de Pradoles, la Ligue des chasseurs, tout ça grenouille ensemble. Ils veulent faire main basse sur la région.

— Ça, j'ai compris.

— Si les assassins sont des hommes de Ernest Prugel ou de la Ligue, leur condamnation retombera forcément sur le maire de Pradoles qui est ouvertement leur allié et qu'ils ont fortement aidé à faire élire. Mais peut-être que le maire a pris les devants... Ce serait bien dans son genre.

— Bon. Si je te suis dans ton raisonnement, dis-je en m'asseyant et en me taillant une tranche de ce pain que fait Odile une fois la semaine et qui mouille mes yeux de bonheur quand je le mange, ce seraient des hommes du maire qui auraient descendu Grigri pour l'empêcher de dénoncer les assassins de ton ami qui seraient des amis du maire ?

— Peut-être. Grigri était un pauvre taré ; un foireux mauvais. Tout ce qui le passionnait dans la vie c'était la chasse ; et même là, il avait une réputation de viandard auprès des autres qui ne sont pourtant pas des délicats.

Je les regarde tour à tour.

— Si c'est ça, le maire de Pradoles est mort.

— Comment peux-tu prouver que c'est lui qui a donné l'ordre ?

— En retrouvant les types qui ont abattu le garagiste. Tu dis des gars de Pradoles ? Pas dur de dégotter des gus un peu chtarbés qui roulent en Golf.

Je vois leurs visages s'éclairer.

— Tu ferais ça ? me demande Bertrand.

— Ça fait partie de mon boulot.

— Putain, me dit Bertrand en se penchant soudain vers moi. Tu te rends compte, si tu réussis, du coup de balai que tu vas donner dans le coin ?

— Je déteste la saleté.

Me revoilà dans le bureau de Castor. Un Castor qui aurait vu son barrage emporté par une crue. Je veux dire qu'il n'est pas flambant. Je lui ai déballé tout à trac une partie de la théorie de Bertrand, sans parler du maire de Pradoles, et en la prenant à mon compte par prudence.

Je l'ai vu se crisper mais il ne m'a pas interrompue. Normal, si Boutier a raison, Castor sait de quoi je parle.

Deux hypothèses. Il sait – ce que je crois – et il a le trac. Il ne sait pas mais veut se couvrir.

— Je connais bien les gens du coin, lâche-t-il, et je n'en vois pas qui soient capables d'assassiner de sang-froid. Et pour quel motif on aurait tué ce pauvre type ?

— Peut-être pour le faire taire, s'il savait qui a massacré Bernard Lenterne.

— Alors, pourquoi ce seraient des gens d'ici ?

— Parce que ce seraient des gens d'ici ou tout au moins du coin qui auraient tué Bernard Lenterne.

— Qui dit ça ? On dit aussi que ça pourrait être Guillaume l'assassin. Voyez, on dit beaucoup de choses.

— Si c'était lui l'assassin, on n'aurait pas eu de raison de le tuer...

— Juste. Alors, c'est peut-être une coïncidence.

— Encore un rôdeur... ?

Là, ça ne lui plaît pas. Et ses yeux couleur d'huître me l'indiquent.

— J'ai deux crimes sur les bras et aucune piste, vous croyez que c'est le moment de faire de l'esprit ?

— Ils étaient plusieurs pour tuer l'instituteur. Guillaume était peut-être dans le coup et on aura craint qu'il donne des noms pour faire un marché ?

— Vous confondez avec les repentis de la mafia italienne, ma petite. On est en France, ici. On mange pas de ce pain-là.

— Vous savez pertinemment, lieutenant, que ces deux crimes sont liés. Et que le tout est rattaché à Lesdiguières et à l'assassinat de Dreyfus. (Je me penche vers lui.) Vous le savez depuis le début, n'est-ce pas ?

— Peut-être... reconnaît-il au bout d'un moment.

— Alors ?

— Guillaume est venu effectivement me trouver en accusant deux de ses amis d'avoir tué l'instituteur.

— Quels amis ?

— Il n'a pas été clair. Mon avis c'est qu'il voulait faire porter le chapeau à d'autres.

— Ça corrobore mon histoire. Ce sont probablement ses complices qui l'ont tué pour l'empêcher de parler.

— Mais on ignore qui ils sont. Pourquoi penser que ce sont des gens de Pradoles ? Le département est peuplé. À moins que ça ne vous arrange de penser que cette ville si médiatisée pourrait l'être davantage...

— Lieutenant, lui soufflé-je comme en confidence, vous ne croyez pas que c'est le moment d'ouvrir votre parapluie ?

C'est fou ce qu'il ressemble à la grenouille des Muppets, pensé-je encore en l'observant faire ses comptes d'épicière, peser le pour et le contre, calculer son intérêt, soustraire celui des autres.

Il se lève et va d'un pas pesant vers la porte.

— Je vous tiendrai au courant des résultats de mon enquête à condition que vous n'écriviez rien qui puisse lui nuire.

Je me lève et le rejoins.

— Je n'écrirai rien qui puisse nuire à la vérité à condition que vous la cherchiez, lieutenant.

Je ne suis pas mécontente de ma réplique et sors d'un pas assuré.

Au bureau d'accueil le même flic à la moustache en trait de plume me balance un regard noir.

— Bonne journée, lui lancé-je.

Je retrouve mon véhicule Rallye Désert que des gosses examinent avec envie et curiosité.

— C'est à vous ? demande l'un d'eux qui, vu sa tignasse crépue, ne doit pas jouir d'une grande sympathie parmi les élus locaux. Elle est chouette !

— Tu veux l'essayer ?

Sa jolie frimousse noire s'ouvre en deux d'un sourire et il regarde ses copains en se dandinant.

— Alors, tu grimpes ?

Il s'esclaffe et s'élance en voltige à l'intérieur.

Je démarre et m'amuse à rouler autour de la place en faisant crisser les pneumatiques. Les têtes se tournent et je sais qu'à sa fenêtre le père Castor n'en perd pas une.

Le môme, ravi, est cramponné au tableau de bord et j'enfile les rues sans lâcher l'accélérateur et, bien sûr, un flic étend ses bras devant moi à un carrefour.

Je jette un coup d'œil au môme, il ne rit plus.

— Monsieur l'agent ? m'enquerré-je, souriante.

Il me regarde, l'œil torve, zieute mon passager.

— Vous jouez à quoi, là ?

— On essayait la voiture.

— En pleine ville ?

— Si vous avez un radar, monsieur l'agent, vous constaterez que je roulais à moins de quarante.

Il sait que j'ai raison et ça l'embête. Je sens le carnet à souches s'agiter dans sa poche.

— Veuillez arrêter votre moteur et me montrer les papiers du véhicule.

Pendant que je m'exécute, deux autres flics s'approchent. Non, pas des flics, des vigiles. Je leur souris. Bide.

— Police municipale ?

Ils échangent un regard et l'un d'eux réplique :

— Et vous, journaliste ?

Pendant ce temps le vrai flic fait le tour du véhicule dans l'espoir que peut-être il lui manque une roue. À côté de moi le pauvre gosse est figé sur sa banquette. Je lui tapote la tête.

— Comment tu t'appelles ? lui glissé-je dans l'oreille.

— Hervé.

J'écarquille les yeux.

— Hervé ?

Il confirme.

— Bon, ben à l'avenir, allez faire du rodéo ailleurs qu'en ville sinon ça risque de vous coûter cher, maugrée le flic en me rendant les documents. (Il dévisage mon passager.) Et toi, t'habites où ?

— Chez ses parents, répliqué-je.

Ce serait trop beau qu'il y ait devant moi un dérapage raciste. Le flic doit le comprendre car, après avoir jeté un coup d'œil vers ses collègues, ils tournent tous les trois les talons.

Je redémarre et demande à mon nouveau copain où il habite.

— Les Sapins, répond-il.

— C'est où ?

— Par là, m'indique-t-il à un carrefour.

— Je te ramène ou tu veux rejoindre tes copains ?

— Vous me ramenez si vous voulez.

Je sens que le pauvre gosse n'est pas rassuré et je prends la route des Sapins.

— Alors comment tu trouves la voiture ? demandé-je, histoire de le détendre.

— Chouette.

Je n'insiste pas, d'autant qu'il me demande de m'arrêter devant une barre d'immeubles.

— C'est là les Sapins ?

— Ouais.

— Et où ils sont les sapins ?

Il hausse les épaules.

— J'sais pas.

— Tu sais ce que c'est au moins ?

— Des arbres ?

— Des arbres, confirmé-je. Si tu veux faire encore un tour je viendrai te prendre sur la place demain.

Il réfléchit et secoue la tête.

— Non, ce sera pas la peine, merci.

— Alors, salut, Hervé, j'ai été très contente de me promener avec toi.

— Moi aussi, dit-il en s'éloignant vivement.

Je reprends pensivement la route de la ferme. Je n'aime pas l'odeur que dégage cette région. Elle est faite de peur, de renfermement sur soi et de mépris.

J'arrive chez mes amis qui m'interrogent aussitôt.

— Il faudra que je cherche moi-même, dis-je en me laissant tomber sur une chaise. (Je fronce le nez.) Ça sent la chèvre ici...

— On a ramené le lait à la laiterie, m'explique Bertrand, c'est pour ça que ça sent. Alors, Castor ?

— Castor ? Il flippe. Et un flic qui a peur c'est dangereux.

— Que comptes-tu faire ?

— Retourner à Pradoles et trouver.

Castor poussa la porte du *Pied mignon* dans la rue de Provence. Une musiquette tinta et Mme Prugel sortit de derrière un rideau.

— Oh, monsieur l'inspecteur, quelle bonne surprise ! s'exclama-t-elle.

— Bonjour, madame. Votre mari est là ?

Elle hésita mais se ravisa.

— Il fait sa sieste, je vais vous le chercher.

Castor remercia d'un signe de tête et regarda vaguement les paires de chaussures exposées.

— Bonjour, lieutenant.

Ernest Prugel vint vers lui la main tendue et la bouille fendue.

— Bonjour. On peut se parler ?

Prugel nota le ton professionnel.

— Oui, venez dans la salle à manger, on sera mieux.

Ils se suivirent dans l'arrière-boutique où les cartons de chaussures voisinaient avec la télé.

— On n'a jamais assez de place, soupira Prugel. Asseyez-vous, mon vieux, dit-il, espérant probablement par cette tournure familière briser la glace.

Castor souleva les pans de son imper et s'assit, pesant et impassible.

— Qu'est-ce que je peux faire pour vous ? demanda le marchand de pompes en prenant dans le buffet une bouteille de Rivesaltes.

— Pas pour moi, prévint Castor.

— Ah, vous êtes en service ? feignit de s'étonner Prugel qui se servit largement.

— Monsieur Prugel... qu'est-ce que vous pouvez me dire sur Grégoire Guillaume ?

84

Prugel posa la bouteille et la referma avec application.

— À quel sujet ?

— C'était un ami ?

— Oh, oui... enfin... on se voyait dans les réunions du syndicat... mais... vous savez... chacun est pris par ses affaires.

— Quelqu'un aurait pu lui en vouloir ?

— À Guillaume ? (Prugel haussa les épaules.) Oh, non... C'était un bon garagiste... Et même s'il avait été mauvais, on tue pas pour ça ! Sinon, dites donc, on pourrait toujours se brosser pour se faire changer son embrayage, rigola-t-il.

Mais il s'arrêta devant l'expression de Castor.

— Il était au Syndicat des commerçants, à la Ligue des chasseurs, c'est ça ?

Prugel confirma de la tête.

— Et ses amis proches, c'était qui ?

Prugel fit la grimace.

— Oh, ben un peu tout le monde. Il était connu, Grigri, c'était pas le dernier à s'amuser et même à rouspéter quand quelque chose lui revenait pas.

Castor alluma une cigarette.

— Je vais vous chercher un cendrier, s'empressa Prugel. Moi, j'ai arrêté, ordre de la Faculté.

— Fernandez et Moisson, des amis à vous ?

Prugel retint sa respiration.

— Des amis, oui, convint-il à contrecœur. Pourquoi ?

— Des amis à Guillaume, aussi ?

— Ouais, j'crois.

Castor le regarda un instant au travers des fentes batraciennes de ses paupières.

— Prugel (Castor examina le bout rougeoyant de sa Lucky), qui, d'après vous, a tué Bernard Lenterne ?

— Hein ? sursauta le chef syndicaliste. Comment je le saurais ?

Castor le regarda. Il semblait très las, Castor.

— Qui, Prugel ?

— Mais enfin, j'comprends pas c'que vous voulez !

— Qui, Prugel ?

Castor se leva. Il dirigeait sa cigarette vers Prugel comme s'il le braquait.

— Mais enfin... murmura Prugel qui sentait ses forces l'abandonner... Guillaume, peut-être, lâcha-t-il du bout de la voix.

Castor releva la tête, le regarda de côté.

— Et ?

— Et ? Et... rien. Je pense que c'est lui qui a tué l'instituteur. Vous me demandez mon opinion, je vous réponds.

Castor tira une large bouffée. Le bout grésilla et rougeoya, vif.

— Qui a tué Guillaume ? reprit-il de la même voix morne.

— Ah, ça, j'en sais rien ! s'emporta Prugel.

Castor soupira et baissa la tête. Il dit, d'une voix qui obligea Prugel à tendre l'oreille :

— Si c'est des hommes à vous, Prugel, je les coincerai. Et si vous savez qui et que vous ne le dites pas, je vous coincerai aussi.

— Mais j'en sais rien, moi ! se récria le chausseur. Je sais rien !

Mme Prugel, grillant de curiosité et alertée par les cris, passa la tête par la porte.

— Tout va bien, Ernest ?

Son mari ne fit même pas mine de la remarquer.

— Vraiment, je ne sais pas, monsieur l'inspecteur, réaffirma-t-il avec force.

Castor releva la tête et l'observa froidement en même temps qu'il écrasait son mégot sur la nappe en toile cirée qui dégagea aussitôt une odeur de pneu brûlé. Mme Prugel contempla, ahurie, le trou aux bords nets.

— Si ça vous revient téléphonez-moi, dit-il en passant devant eux. Il traversa la boutique et sortit.

Le maire de Pradoles rangea dans son coffre avec une mimique satisfaite le procès-verbal du récent congrès régional du Mouvement.

S'y étaient confirmées la cohésion et l'adhésion sans équivoque des membres du bureau directeur derrière lui. Paris le saurait. Le savait sans doute déjà. Et le vieux lion devait claquer la gueule de colère.

Le maire de Pradoles était à un tournant crucial de sa carrière. Là où les œufs se bousculent sous les pieds.

Il tira du sous-main de sa table de travail le journal régional dont la première page était occupée par le meurtre du garagiste de Mantus. Ses maxillaires se crispèrent, accentuant le caractère pointu du visage.

Contrairement à son rival et patron, il avait pour lui l'analyse du discours. Cependant, son image passait moins bien auprès des militants. Il avait misé sur le long terme mais cela signifiait : parcours sans faute.

Un éclair de rage l'éblouit en pensant aux trois débiles qui avaient tué Guillaume. Comment avait-il pu faire confiance à ces hommes singes !

Il se leva brutalement, oppressé de colère et d'inquiétude. Il envisagea toutes les solutions pour se débarrasser d'eux, même les plus extrêmes.

Il marcha longtemps dans son bureau après avoir donné l'ordre à sa secrétaire de ne lui passer aucun appel. Ce qui le terrifiait, c'était sa solitude. À qui se fier ? Personne, pas même sa femme.

Il n'était pas encore au pouvoir et déjà il était seul.

Il décrocha le téléphone, appela la permanence.

— Envoyez-moi Papoin, Bousquet et Laval, Adolphe, dit-il au secrétaire.

Il s'assit, pensif, derrière son bureau. Il n'avait pas d'autre solution. Il se devait de les convaincre. Faire jouer la fibre patriotique et l'appât du gain. Leur donner de l'importance.

Le trio alopécique se présenta devant lui moins d'une demi-heure plus tard.

S'ils avaient quelques regrets, sans même parler de remords, ça ne se voyait pas. Le maire contint sa colère.

— Messieurs, vous savez sans doute pourquoi vous êtes là. (Ils soupirèrent.) Ce qui est fait est fait, conclut-il avec un geste large. Et il est de mon devoir de vous aider. Vous devez partir poursuivre le combat hors de nos frontières, en profiter pour dispenser nos idées. Pendant ce temps, vos familles seront assurées de bénéficier de toute l'attention de notre Mouvement, tant sur un plan financier que sécuritaire. Quant à vous, vos soldes seront celles de gradés. Je vous ai choisi deux options où vos qualités trouveront à s'exprimer au milieu d'une franche camaraderie.

Ils s'entre-regardèrent, un peu effrayés de l'éventualité de ce départ soudain, intimidés aussi de l'attention portée par cet important personnage, et se demandant, enfin, si malgré tout ils n'étaient pas bernés.

Le maire posa la main à plat sur une affiche du Mouvement frappée aux couleurs nationales et où s'entrecroisaient des mains blanches autour d'une francisque.

— Messieurs, l'Irak ou la Serbie ?

Ils arrondirent les yeux. Quoi, pensaient-ils, maintenant, tout de suite ? Le Mouvement ne pouvait-il pas les protéger de la Justice ?

Le jeune Laval fit un pas en avant et se figea, boudiné, dans son Bomber.

— Vous pensez qu'il faut partir, monsieur, vraiment ?

— Vraiment, lieutenant Laval.

Le grade fit l'effet escompté sur le groupe. Laval recula d'un pas pour se fondre aux autres. Ils se sourirent et portèrent la main au front dans un salut inattendu.

— À vos ordres, monsieur, dit Bousquet.

Castor entra d'un pas décidé dans le bureau du premier magistrat de sa ville.

— Vous m'avez fait demander, monsieur ?

— Oui, lieutenant, asseyez-vous.

— Merci, dit Castor en s'installant sur le bout des fesses.

— Lieutenant, commença le maire en marchant autour de lui, dites-moi franchement. Avez-vous la moindre piste sur les deux crimes perpétrés dans notre région, c'est-à-dire ceux de Bernard Lenterne et Grégoire Guillaume ?

— Pas pour l'instant... mais nous continuons l'enquête...

— Dans quelle direction ?

— Excusez-moi, monsieur le maire, mais je préférerais garder la primeur de mes révélations pour ma hiérarchie...

— Castor...

— Enfin, pour l'instant nous n'avons rien, capitula Castor. Des soupçons, des intuitions... mais pas de preuves. Ça, c'est pour Lenterne.

— Quel aurait été le mobile de ce meurtre ?

— Le mobile ? Vengeance, monsieur. Réaction primaire de trois débiles bouffis de haine et de bêtise qui auront écouté sans analyse des idées d'un autre âge mais qui font toujours recette.

— Pourquoi dites-vous trois débiles ?

— J'ai dit trois ? Je ne me suis pas rendu compte. Trois ou dix mille, qu'importe. De toute façon l'affaire va suivre son cours, mais si nous ne trouvons pas les coupables elle sera probablement classée.

— Bon... bon... Et Guillaume ?

— Le garagiste ? On pense qu'il a été attaqué par des drogués. Le témoin aurait vu, en plus de la Golf, trois hommes le suivre. Et Guillaume a été dépouillé de son porte-feuille et de sa montre.

— Ah... bon... dépouillé... J'ignorais. Encore trois hommes ?

— Comme les quatre cavaliers de l'Apocalypse, monsieur le maire.

— Et alors ?

— On a lancé des avis de recherche. Il semblerait qu'il y ait un Gitan parmi eux. On va fouiller dans les rassemblements de la région. Ça prendra sûrement du temps.

— Sûrement... Castor... sûrement. Vous êtes content de votre nouvelle affectation ?

— Très, monsieur le maire. Je l'ai reçue ce matin. À vrai dire, je n'y croyais plus. Pensez, Nice ! Commissaire !

Vingt heures. Logo, *jingle*, tête lisse du présentateur.

Bonsoir. De nombreux titres dans ce journal mais tout d'abord cette information qui est tombée sur les téléscripteurs de l'agence France-Presse, ce matin.

Trois Français des sections des volontaires étrangers partis combattre auprès de l'armée serbe et qui passaient leur permission à Vienne, en Autriche, ont été mortellement blessés par un groupe de voyous qui les a pris à partie au sortir d'une boîte de nuit.

L'enquête s'est orientée au début vers les milieux néonazis, fort nombreux dans la capitale autrichienne, mais les dernières investigations de la police laissent plutôt penser que nos trois malheureux compatriotes ont été victimes de drogués en manque.

Football. Le Paris Saint-Germain...

Je regarde la carte postale où figurent des montagnes. Les Pouilles. Italie.

On est là, on est bien. On a recommencé. On pense à toi. Viens quand tu veux.
Bertrand, Odile et Yann.

En dessous de la signature, Odile a rajouté :

On a repris un chien. Il s'appelle Martin et il est génial. C'est le meilleur copain de Yann.

Je repose la carte postale et parcours pensivement l'éditorial du journal signé de notre directeur.

Les dernières élections municipales ont confirmé la progression des candidats du Mouvement national dans de nombreuses circonscriptions (en page deux la carte des municipalités ayant voté extrême droite). Cette progression semble confirmer la tendance générale manifestée par les différents mouvements nationalistes en Europe.
Le chef du Mouvement national français, Jean Grossant, a, dans une récente interwiev sur une radio nationale, confirmé son intention de se présenter aux prochaines présidentielles. Il a notamment déclaré pouvoir se prévaloir d'être présent au deuxième tour de l'élection. À la question du journaliste qui lui demandait comment il en était si sûr, Jean Grossant a déclaré qu'il suffisait de se fier aux sondages.

J'extrais d'une pile de dépêches éparpillées sur ma table celle de notre bureau régional. Cinq lignes perdues au milieu des accidents de vélomoteurs et des scènes de la vie conjugale.

Castelvas, hier soir. Françoise Lambert, bien connue des habitants de son village pour y avoir tenu durant trente-cinq ans le poste de secrétaire de mairie, a été retrouvée hier par le facteur, pendue à l'arbre de sa cour. Détail macabre : le corps avait déjà été attaqué par les corneilles, nombreuses dans cette région.

Mon téléphone sonne. Je décroche, c'est le marbre qui me demande d'envoyer mon article. Je les rassure. Ils l'auront en temps et en heure comme toujours.

Mais peut-être plus pour longtemps.

POLICIERS

LIBRIO NOIR

Composition Nord Compo
Achevé d'imprimer en Europe
à Pössneck (Thuringe, Allemagne)
en avril 2000 pour le compte de E.J.L.
84, rue de Grenelle 75007 Paris
Dépôt légal avril 2000

Diffusion France et étranger : Flammarion